이상한 나라의
앨리스

지은이
루이스 캐롤

루이스 캐롤의 본명은 '찰스 루트위지 도지슨'으로 수학자이자 논리학자, 사진작가, 발명가로 활동했다. 그는 '루이스 캐롤'이라는 필명으로 『이상한 나라의 앨리스』와 『거울나라의 앨리스』를 썼고, 세계적인 명성을 얻었다.
그는 옥스퍼드 대학에서 학생들을 가르치는 한편, 상상력이 풍부한 아동문학을 썼다. 그의 작품에는 언어유희가 다분하며 초현실적 요소가 자주 등장한다.
루이스 캐롤의 작품은 현대 판타지 문학의 기틀을 마련했다는 평가와 함께 150년이 지난 지금까지도 전 세계 독자들에게 사랑받고 있다.

옮긴이
김은영

이화여자대학교 영어교육과를 졸업하고 서울대학교 대학원에서 영어교육과 석사과정을 마쳤다. 현재 글밥 아카데미 수료 후 바른번역 소속 번역가로 활동 중이며, 옮긴 책으로 『되는 사람』, 『내가 원하는 곳에 나를 데려가라』, 『하우스메이드』 등이 있다.

이상한 나라의 앨리스

ALICE IN WONDERLAND
Lewi Carroll

루이스 캐롤 김은영 옮김

서 사 원

CONTENTS

제1장 | 토끼 굴속으로   *11*

제2장 | 눈물 웅덩이   *21*

제3장 | 코커스 경주와 긴 이야기   *32*

제4장 | 토끼가 도마뱀 빌을 보내다   *44*

제5장 | 애벌레의 충고   *57*

제6장 | 돼지와 후추   *70*

제7장	대 환장 티 파티	*85*
제8장	여왕님의 크로케 경기장	*101*
제9장	가짜 거북이의 이야기	*115*
제10장	바닷가재 카드리유	*129*
제11장	타르트를 훔친 자 누구인가?	*143*
제12장	앨리스의 증언	*155*

ALICE IN WONDERLAND

황금빛 햇살이 쏟아지는 오후

우리는 유유히 물 위를 흘러간다네.

노를 잡은 서툴기 그지없는 손길

왔다 갔다 노를 젓는 자그마한 팔

부질없이 움직이는 작디작은 손

우리 배는 갈 곳 잃고 떠돈다네.

아, 가혹한 세 아이여!

이런 시간 이토록 정신마저 몽롱한 날에,

작디작은 깃털조차 어찌하지 못하는

약하디 약한 숨결을 지닌 나에게

이야기를 들려달라니!

하지만 가엾은 하나의 목소리

어찌 셋을 당해내리오.

도도한 첫째, 단호하게 재촉한다네.

"시작하세요!"

둘째, 부드럽게 소망을 속삭인다네.

"재미있는 이야기면 좋겠어요."

셋째, 언니들을 거드니

더 이상 미룰 수가 없다네.

이윽고 흐르는 정적 속에

세 아이, 상상 속 한 아이를 뒤쫓는다네.

경이로움이 가득한 미지의 광야를 누비는 아이를.

새와 짐승과 친구가 되어 재잘거리는 아이를.

세 아이, 어느새 반쯤 진짜라고 믿는다네.

아, 이야기는 바닥나고
상상의 샘은 말라간다네.
지쳐버린 이야기꾼이
슬쩍 화제를 돌려보지만,
"나머지는 다음에……."
"지금이 다음이에요!"
세 아이는 즐거운 목소리로 하나 되어 외친다네.

그렇게 이상한 나라의 이야기가 펼쳐졌다네.
그렇게 천천히, 하나씩
신비하고 놀라운 사건들이 쌓여갔다네.
이제 이야기는 끝이 나고
저무는 햇살 아래
즐거운 뱃사공들 집으로 향한다네.

앨리스! 이 유치한 이야기를 받아주렴.

너의 그 고사리 같은 손으로

이 이야기를 놓아주렴.

머나먼 땅에서 꺾은 꽃으로 만든

순례자의 화환과도 같은,

어린 시절의 꿈들이 한데 엮인

신비로운 기억의 화환 속에.

제1장

토끼 굴속으로

하는 일 없이 강둑에 앉아 있던 앨리스는 슬슬 지루해지기 시작했다. 한두 차례 옆에 앉은 언니가 읽고 있는 책을 힐끔 들여다보았지만, 그 책엔 그림 하나 대화 한 줄 보이지 않았다. '그림도, 대화도 없는 책을 무슨 재미로 읽는담?'

앨리스는 자리에서 일어나 데이지 꽃을 꺾어 목걸이를 만들어볼까도 싶었지만 번거롭기도 하고 그만큼 재미있을까 싶어 망설였다. (그도 그럴 것이 무더운 날씨 탓에 잠이 솔솔 오는 데다가 머리까지 멍했기 때문이었다.) 바로 그때 느닷없이 빨간 눈의 흰토끼가 앨리스 옆을 후다닥 스쳐 지나갔다.

딱히 놀랄 만한 일은 아니었다.

"이런! 이런! 너무 늦겠는걸!"

토끼가 중얼거리는 소리를 듣고도 앨리스는 대수롭지 않게 넘겼다. (나중에 돌이켜보니 놀랄만한 일이었지만 당시에는 모든 게 아주 자연스러워 보였다.) 하지만 토끼가 조끼 주머니에서 시계를 꺼내 들여다보곤 황급히 달려가는 모습에 앨리스는 자리에서 벌떡 일어났다. 토끼가 주머니 달린 조끼를 입은 것도, 그 주머니에서 시계를 꺼내는 것도 생전 처음 본다는 생각이 번뜩 들었기 때문이었다.

호기심이 발동한 앨리스는 들판을 가로질러 토끼를 쫓아갔다. 그때 마침 토끼가 산울타리 아래에 난 커다란 토끼 굴로 폴짝 뛰어드는 게 보였다. 앨리스도 토끼를 따라 잽싸게 굴속으로 들어갔다. 어떻게 다시 나올지는 고민조차 하지 않았다. 토끼 굴은 터널처럼 얼마간 곧게 이어지는가 싶더니 갑자기 밑으로 푹 꺼졌다. 너무도 갑작스레 일어난 일이라 미처 생각할 겨를도 없이, 앨리스는 아주 깊은 우물 같은 곳으로 떨어졌다.

우물이 몹시 깊은 건지, 아니면 매우 천천히 떨어져서인지, 앨리스는 떨어지면서도 여유 있게 주위를 둘러보고 앞으로 무슨 일이 일어날지 궁금해했다. 일단 아래에 무엇이 있을지 살펴보려 했지만, 너무 어두워서 아무것도 보이지 않았다.

주변을 둘러보니 벽면마다 찬장과 책장이 빼곡히 들어차 있었고, 여기저기 지도와 그림이 걸려 있었다.

앨리스는 떨어지면서 선반에 놓인 병 하나를 집어 들었다. 병에는 '오렌지 마멀레이드'라는 라벨이 붙어 있었지만 아쉽게도 병 안에는 아무것도 들어 있지 않았다. 괜히 병을 떨어뜨렸다가 저 아래에 있는 누군가가 맞아 죽기라도 할까 봐 무서워진 앨리스는 가까스로 병을 아무 선반 위에나 올려놓았다.

앨리스는 속으로 생각했다. '와! 이렇게까지 깊게 떨어지다니! 계단에서 굴러떨어지는 것쯤은 일도 아니겠어. 집에 가서 이야기하면 다들 나를 용감하다고 하겠지! 이젠 지붕 위에서 떨어지더라도 말도 못 꺼내겠는걸.' (정말 그럴 것 같았다.) 아래로, 아래로, 아래로. 앨리스는 끝도 없이 떨어져 내렸다.

"지금까지 몇 킬로미터나 떨어진 걸까?"

앨리스가 소리 내어 말했다.

"틀림없이 지구 중심부 어딘가에 와 있을 거야. 잠깐만, 한 6천 킬로미터는 떨어진 것 같은데."

눈치챘겠지만 앨리스는 학교 수업 시간에 이와 관련된 몇 가지 지식을 배웠다. 지금은 들어줄 사람이 없어서 지식을 뽐내기에 썩 좋은 기회는 아니었지만 그래도 배운 걸 말로 내뱉어보는 건 좋은 습관이었다.

"그래, 그 정도쯤 되겠어. 그나저나 위도나 경도는 얼마나 될까(사실 앨리스는 위도가 뭔지, 경도가 뭔지 몰랐다. 하지만 그렇게 말하면 왠지 근사해 보일 것 같았다)?"

앨리스는 또다시 중얼거렸다.

"이러다가 지구를 뚫고 나가는 건 아닌지 몰라. 거꾸로 걸어 다니는 사람들 틈바구니에 떨어지면 정말 웃기겠는걸! 아마도 그들을 반감인[1]들이라고 했었던 것 같은데."

이번엔 듣는 사람이 없어서 오히려 다행이었다. 말해놓고도 단어를 틀리게 말한 것 같았기 때문이었다.

"그래도 나라 이름이 뭔지 물어봐야겠어. 실례합니다, 아주머니. 여기가 뉴질랜드인가요, 호주인가요?"

앨리스는 이렇게 말하며 한쪽 발을 뒤로 빼고 무릎을 굽혀 인사를 하려고 했다. (공중에서 떨어져 내리면서 무릎을 굽혀 인사를 하려고 하다니! 여러분이라면 가능할까?)

"그런 걸 묻는다고 나를 무식쟁이 꼬마애로 생각하면 어쩌지? 안 돼. 물어보지 말자. 어쩌면 어딘가에 적혀 있을지도 모르잖아."

아래로, 아래로, 아래로. 앨리스는 딱히 할 일도 없어서 금세 또 재잘거리기 시작했다.

---

[1] 지구 반대편을 뜻하는 '대척점 Antipode'의 철자를 '반감 Antipathy'으로 혼동하는 바람에 '대척점에 사는 사람들'을 '반감인들 Antipathies'이라고 말했다. 참고로 영국과 뉴질랜드는 대척점에 있다.

"다이너가 오늘 밤 나를 얼마나 보고 싶어 할까(다이너는 고양이다)! 차 마실 시간에 누구라도 잊지 말고 다이너에게 우유를 줘야 할 텐데. 귀여운 우리 다이너! 나랑 같이 왔으면 얼마나 좋았을까! 이런 허공에 쥐가 있을 리 없겠지만 박쥐는 잡을 수 있을지 몰라. 박쥐랑 쥐는 비슷하잖아. 그런데 고양이가 박쥐를 먹을까?"

앨리스는 슬슬 졸리기 시작했다. 그래서 잠꼬대처럼 중얼거렸다.

"고양이가 박쥐를 먹을까? 고양이가 박쥐를 먹을까?"

그러다 반대로 중얼거렸다.

"박쥐가 고양이를 먹을까?"

어떻게 물어도 상관없었다. 어차피 둘 다 대답할 수 없는 질문이었기 때문이다. 어느새 앨리스는 꾸벅꾸벅 졸다가 다이너와 손을 잡고 걷는 꿈을 꾸었다. 앨리스는 다이너에게 사뭇 진지하게 물었다.

"다이너, 솔직하게 말해줘. 너, 박쥐를 먹어본 적 있니?"

바로 그때였다. 쿵! 털썩! 앨리스는 나뭇가지와 마른 나뭇잎 더미로 떨어졌다. 마침내 도착한 모양이었다.

어디 하나 다친 데라곤 없었다. 앨리스는 자리에서 벌떡 일어나 위를 올려다보았지만, 머리 위쪽은 온통 깜깜하기만 했다. 다시 앞을 보니 또 다른 긴 통로가 보였는데, 토끼가 그 길을 따라 허둥지둥 달려가고 있었다. 지체할 겨를이 없었다.

앨리스는 쏜살같이 토끼를 쫓아갔다. 마침 토끼가 모퉁이를 돌면서 하는 말이 들렸다.

"이놈의 귀! 이놈의 수염! 성가셔 죽겠네. 도대체 얼마나 늦은 거야!"

앨리스는 토끼를 바싹 따라붙었다. 하지만 모퉁이를 돌자 토끼는 사라지고 없었다. 그 대신 눈앞에 천장이 낮은 긴 복도가 나타났고, 천장에 줄지어 매달린 램프들이 복도를 비추고 있었다. 복도에는 문이 여러 개 있었지만 하나같이 다 잠겨 있었다. 앨리스는 복도 한쪽부터 시작해 다른 쪽까지 쭉 훑으며 문이란 문은 다 열어보았다. 그러곤 시무룩한 얼굴로 어떻게 하면 이곳을 빠져나갈 수 있을까 생각하며 복도 한가운데로 걸어갔다.

그때 난데없이 눈앞에 다리가 세 개 달린 작은 유리 탁자가 보였다. 탁자 위에는 자그마한 황금 열쇠 하나가 덩그러니 놓여 있었다. 이 열쇠로 복도에 난 여러 개의 문 가운데 하나는 열 수 있을 거라는 생각이 가장 먼저 들었다. 그런데 맙소사! 열쇠 구멍이 너무 커서인지, 아니면 열쇠가 너무 작아서인지 아무튼지 간에 열쇠는 어느 문에도 맞지 않았다.

앨리스는 다시 한 번 복도를 둘러보다 전에는 미처 보지 못했던, 바닥 쪽에 낮게 걸린 커튼을 발견했다. 커튼 뒤로 높이가 40센티미터가 채 안 되는 작은 문이 있었다. 앨리스는 황금 열쇠를 열쇠 구멍에 찔러 넣었다. 그러자 기쁘게도 열쇠가 딱 들어맞았다.

문을 여니 쥐구멍만큼 작은 통로가 나왔다. 앨리스가 무릎을 꿇고 통로 안쪽을 들여다보자 생전 처음 보는 눈부시게 아름다운 정원이 보였다. 앨리스는 어두컴컴한 복도를 벗어나 화사한 꽃밭과 시원한 분수 사이를 거닐고 싶었다. 하지만 그 통로로는 머리조차 들어가지 않았다. '설령 머리가 들어간대도 어깨가 걸릴 텐데 무슨 소용이람.' 앨리스는 풀이 죽은 채 생각했다. '내 몸을 망원경처럼 접을 수 있다면 얼마나 좋을까! 어떻게 시작하는지 방법만 알면 할 수도 있을 것 같은데.' 지금까지 말도 안 되는 일이 너무 많이 일어났기 때문에 불가능한 일은 없을 것도 같았다.

작은 문 앞에서 기다려봤자 아무 소용이 없어 보였다. 앨리스는 혹시나 다른 열쇠가 있거나 사람 몸을 망원경처럼 접었다 펴는 방법을 알려주는 책이 있을까 싶어 탁자 쪽으로 되돌아갔다. 이번에는 탁자 위에 작은 병이 놓여 있었다.

"좀 전엔 분명 없었는데."

앨리스가 중얼거렸다. 병 입구에는 종이 라벨이 붙어 있었고, 그 위에는 큼지막하고 예쁜 글씨로 '날 마셔요'라고 적혀 있었다. 누가 봐도 마시라고 쓰여 있었지만, 영리한 꼬마 아가씨 앨리스가 무턱대고 마실 리가 없었다.

"안 돼. 먼저 '독약'이라고 쓰여 있진 않은지 살펴봐야 해."

앨리스는 화상을 입거나, 야생 동물에게 잡아 먹히거나, 다른 끔찍한 일을 당한 어린아이들이 나오는 이야기를 여러 편 읽었다. 이야기에 등장하는 아이들은 하나같이 친구들이 귀띔해준 간단한 규칙을 기억하지 못해서 그런 변을 당했다. 앨리스는 벌겋게 달아오른 부지깽이를 너무 오래 잡고 있으면 화상을 입는다든가, 칼에 손가락을 깊이 베이면 피가 난다든가, '독약'이라고 적힌 병에 든 것을 꿀꺽 들이켰다간 금세 몸에 탈이 난다든가 하는 것쯤은 알고 있었다.

하지만 그 병에는 '독약'이라는 표시는 없었다. 앨리스는 용기를 내어 병에 든 것을 살짝 마셔보았다. 그런데 맙소사! 너무 맛있는 게 아닌가. (뭐랄까…… 체리 타르트, 커스터드, 파인애플, 구운 칠면조, 달콤한 토피, 그리고 버터를 발라 갓 구운 토스트 맛이 났다.) 그래서 앨리스는 한 병을 꿀꺽 해치웠다.

"기분이 이상해! 내 몸이 망원경처럼 접히는 것 같아."

정말 그랬다. 순식간에 앨리스의 키가 25센티미터로 작아졌다. 이제 작은 문을 통해 눈부신 정원으로 들어갈 수 있다고 생각하자 앨리스의 표정이 밝아졌다. 하지만 몸이 더 줄어들 수도 있다는 생각에 잠시 기다려보기로 했다. 앨리스는 살짝 걱정스러운 마음에 혼잣말로 중얼거렸다.

"이러다가 완전히 사라져버리면 어떡하지? 양초처럼 말이야."

앨리스는 양초가 다 타버리고 나면 불꽃이 어떻게 될지

상상해보려고 했지만 그런 걸 본 적이 있는지 기억조차 나지 않았다.

얼마 후 아무 일도 일어나지 않자 앨리스는 곧장 정원에 들어가기로 마음먹었다.

아뿔싸! 불쌍한 앨리스! 앨리스는 문에 이르러서야 작은 황금 열쇠를 깜빡하고 가져오지 않았다는 것을 깨달았다. 열쇠를 가지러 탁자로 돌아갔지만 팔이 닿지 않았다. 유리 탁자 사이로 열쇠가 빤히 보였다. 앨리스는 탁자 다리를 타고 기어 올라가려 했지만, 어찌나 미끄러운지 도저히 올라갈 수가 없었다. 결국 불쌍한 꼬꼬마 앨리스는 지칠 대로 지쳐 그 자리에 털썩 주저앉아 와락 울음을 터뜨리고 말았다.

"이렇게 운다고 일이 해결되는 것도 아니잖아!"

앨리스는 자신을 호되게 꾸짖었다.

"충고하는데, 당장 그쳐!"

평소 앨리스는 자신에게 매우 유익한 충고를 하곤 했다(물론 충고를 따른 적은 거의 없었다). 때로는 너무 호되게 꾸짖는 바람에 눈물을 글썽이기도 했다. 한 번은 혼자서 두 사람 몫을 해가며 크로케 경기[2]를 하다가 자기가 자기에게 속임수를 썼다는 이유로 뺨을 때릴 뻔한 적도 있었다. 호기심이 많은 이 꼬

---

[2] 잔디 위에서 진행되는 구기 스포츠로 나무망치로 공을 쳐서 여섯 개의 후프를 통과시키는 경기이다.

마 아가씨는 일인이역 놀이를 무척이나 좋아했다.

"하지만 지금 같은 상황에 두 사람인 척하는 게 무슨 소용이야! 너무 작아져서 한 사람 몫도 제대로 하기 힘든걸!"

그 순간 앨리스의 눈길이 탁자 아래에 놓인 작은 유리 상자에 닿았다. 상자를 열자 그 안에 아주 자그마한 케이크가 있었고, 그 위에는 건포도로 '날 먹어요'라고 예쁘게 장식돼 있었다.

"그래, 이 케이크를 먹어보자. 이걸 먹고 커지면 열쇠를 잡을 수 있을 거야. 만약에 더 작아지면 문 밑으로 기어들어가면 되잖아. 어느 쪽이든 정원에 들어갈 수 있으니 뭐가 됐든 상관없어!"

앨리스가 케이크를 조금 떼어 먹곤 초조하게 중얼거렸다.

"어느 쪽이지? 어느 쪽일까?"

앨리스는 키가 커지는지 작아지는지 보려고 한 손을 머리 위에 얹고 기다렸다. 하지만 놀랍게도 아무 일도 일어나지 않았다. 본래 케이크를 먹고 아무 일도 일어나지 않는 게 당연하다. 하지만 이상한 일이 일어나기를 기대하는 데 익숙해진 탓에 평소와 같이 아무 일도 없는 것이 오히려 지루하고 따분하게 느껴졌다. 결국 앨리스는 케이크를 단숨에 해치워버렸다.

제2장

눈물 웅덩이

"이상 점점 하잖아!" 앨리스가 소리쳤다. (너무 놀란 나머지 말조차 똑바로 나오지 않았다.)

"지금 나는 세상에서 가장 큰 망원경처럼 길어지고 있어! 안녕, 내 발들아, 잘 지내렴!"

아래를 내려다보니 두 발이 점점 멀어져 눈앞에서 사라질 것만 같았다. 앨리스는 생각했다. '아, 불쌍한 내 작은 발들, 이제 누가 너희에게 구두를 신겨주고 스타킹을 신겨줄까? 나는 해줄 수가 없구나! 너희들이 너무 멀리 떨어져 있어서 챙겨줄 수가 없어. 이제 너희끼리 알아서 잘 해야 해. 그래도 난 내

발들을 아껴줄 거야. 안 그러면 내가 가고 싶은 곳에 날 데려가지 않을지도 모르잖아! 어디 보자. 크리스마스 때마다 발들에게 새 부츠를 선물해야겠어.'

앨리스는 선물을 어떻게 보낼까 생각해보았다. '아무래도 우편으로 보내야겠지. 내 발에 선물을 보내다니 얼마나 웃길까! 주소는 또 얼마나 이상해 보이겠어!'

앨리스의 오른발에게

주소: 벽난로 앞에 세워 둔 난로망
그 앞에 깔린 깔개

사랑을 담아서 앨리스가

'이런, 지금 내가 무슨 헛소리를 하고 있담!' 바로 그때 앨리스의 머리가 꽝하고 복도 천장에 부딪혔다. 앨리스의 키는 어느새 3미터가 훌쩍 넘게 커버렸다. 앨리스는 재빨리 작은 황금 열쇠를 들고 정원으로 들어가는 문으로 달려갔다.

불쌍한 앨리스! 앨리스가 할 수 있는 거라곤 옆으로 누워 한쪽 눈으로 정원을 들여다보는 것뿐이었다. 이제 문을 통과하는 건 아예 불가능해 보였다. 앨리스는 자리에 주저앉아 또다시 엉엉 울기 시작했다.

"창피한 줄 알아! 너처럼 덩치가 산만 한 애가(키가 커졌으니 그렇게 말할 만도 했다) 툭하면 질질 짜기나 하고! 경고하는데, 당장 뚝 그쳐!"

하지만 눈물은 그칠 줄을 몰랐다. 닭똥 같은 눈물이 쉬지 않고 흘러내리더니 복도 절반 정도까지 차올라 앨리스 주변으로 10센티미터 깊이의 커다란 눈물 웅덩이가 생겼다. 잠시 후 타닥타닥 발소리가 멀리서 들려왔다. 앨리스는 후다닥 눈물을 훔치고 누가 오는지 살펴보았다. 토끼가, 그것도 아주 말쑥하게 차려입고 한 손에는 염소 가죽으로 만든 흰 장갑을, 다른 한 손에는 큼지막한 부채를 들고 앨리스 쪽으로 다가오고 있었다. 토끼는 뭐가 그리 급한지 종종걸음을 치며 혼잣말로 중얼거렸다.

"이런! 공작부인, 공작부인! 어떡하지! 그분을 기다리게 하면 몹시 역정을 내실 텐데!"

도움이 절실했던 앨리스는 지푸라기도 잡고 싶은 심정이었다. 그래서 토끼가 가까이 다가오자 기어들어가는 목소리로 조심스레 말을 건넸다.

"저…… 실례합니다, 토끼님……."

그 소리에 토끼는 화들짝 놀라 흰색 가죽 장갑과 부채를 떨어뜨리곤 허둥지둥 어둠 속으로 달아나버렸다. 앨리스는 토끼가 떨어뜨리고 간 부채와 장갑을 집어 들었다. 그러곤 복도가 너무 더운 탓에 연신 부채질을 해대며 중얼거렸다.

"세상에, 이럴 수가! 오늘은 정말 이상한 날이야! 어제까지만 해도 평소와 다름없었는데 하룻밤 사이에 내가 달라진 걸까? 잠깐만, 오늘 아침 일어났을 때의 나와 지금의 나는 같은 사람이 맞을까? 뭔가 다른 것 같단 말이야. 하지만 같은 사람이 아니면 지금의 나는 도대체 누구란 말이지? 아, 정말 너무 어려운 수수께끼야."

앨리스는 자신이 또래 친구들 가운데 하나로 변한 건 아닐까 싶어 친구들을 하나하나 떠올려보기 시작했다.

"에이더는 아닌 게 분명해! 걔는 머리가 엄청 길고 곱슬머리인데, 내 머리카락은 전혀 곱슬곱슬하지 않잖아. 메이블도 확실히 아니야. 왜냐하면 나는 아는 게 엄청 많은데 메이블은 아는 게 별로 없거든! 그리고 메이블은 메이블이고 나는 나라고. 맙소사, 너무 헷갈려! 내가 알고 있던 것들을 까먹진 않았는지 확인해보는 게 좋겠어. 어디 보자. 4 곱하기 5는 12, 4 곱하기 6은 13, 4 곱하기 7은…… 맙소사! 이래서는 20이 나오질 않잖아! 그래, 구구단은 중요하지 않아. 지리를 한 번 해보자. 런던은 파리의 수도고, 파리는 로마의 수도야. 그리고 로마는……. 아니야, 전부 틀렸어. 이런, 이런! 내가 메이블이 된 게 틀림없어! 뭐더라, 「작은……」 어쩌고 하는 시를 외워봐야겠어."

앨리스는 수업 시간에 하던 대로 두 손을 무릎 위에 포개고 시를 외우기 시작했다. 하지만 목소리가 갈라지고 낯설게 들렸을 뿐만 아니라 단어도 똑바로 나오지 않았다.

> 작은 악어가
> 반짝이는 꼬리로
> 나일강의 물을 퍼 올려
> 황금빛 비늘에 쏟아붓네!
>
> 싱글벙글 활짝 웃으며
> 발톱을 멋지게 펼치고
> 다정하게 미소 짓는 입으로
> 어린 물고기들을 반갑게 맞이하네!³

"이게 아니잖아."
가엾은 앨리스의 눈에 또다시 눈물이 그렁그렁 맺혔다.
"내가 메이블이 된 게 틀림없어. 이제 난 좁아터진 작은 집에서 장난감도 없이 살아야 하는 거야? 아! 공부는 또 얼마나 많이 해야 하는데! 그러긴 싫어. 결심했어. 만약 내가 메이블이 된 거라면 그냥 여기 있겠어! 누군가 이곳을 내려다보며 '애야, 다시 올라오렴!' 이렇게 말해도 소용없어. 나는 그냥 고

---

3   꿀벌의 부지런함을 칭송하는 17~18세기 영국 작가 아이작 왓츠의 시 「게으름과 짓궂은 장난에 맞서Against Idleness and Mischief」를 패러디한 시이다.

개를 들고 '나는 누구죠? 그것부터 말해주세요. 대답이 마음에 들면 올라가겠지만, 그렇지 않으면 마음에 드는 대답이 나올 때까지 여기 있을 거예요.'라고 말할 거야. 하지만, 맙소사!"

앨리스가 갑자기 울음을 터트렸다.

"누구라도 좋으니까 이곳을 내려다보기만 하면 좋겠어! 여기 이렇게 나 혼자 덩그러니 있는 건 정말 싫단 말이야!"

앨리스는 손을 내려다보았다. 놀랍게도 앨리스의 손에는 토끼가 떨어뜨린 흰색 작은 가죽 장갑 한쪽이 끼워져 있었다. 아마도 중얼거리면서 자신도 모르게 장갑을 낀 모양이었다. '이게 어떻게 된 일이지? 내가 다시 작아지고 있잖아.' 앨리스는 자리에서 일어나 자신의 키가 얼마나 작아졌는지 보려고 탁자로 향했다. 짐작대로 앨리스의 키는 대략 60센티미터 정도로 줄어들었을 뿐만 아니라 계속해서 빠르게 줄고 있었다. 앨리스는 손에 들고 있는 부채 때문에 키가 줄어든다는 것을 눈치채고 들고 있던 부채를 휙 던져버렸다. 그 덕분에 몸이 작아져 완전히 사라지는 건 피할 수 있었다.

"큰일 날 뻔했어!"

갑작스러운 변화에 소스라치게 놀랐지만 그래도 몸이 사라지진 않아서 천만다행이라고 생각했다.

"이제 정원으로 나가보자!"

앨리스는 온 힘을 다해 작은 문으로 달려갔다. 아뿔싸! 작은 문은 또다시 잠겨 있었고, 작은 황금 열쇠는 여전히 유리 탁자 위에 있었다. '뭐야, 아까보다 더 나빠졌잖아. 이렇게 작아지다니! 이럴 순 없어. 이럴 순 없다고!' 그 순간 발이 미끄러지며 앨리스는 물에 풍덩 빠지고 말았다. 짠물이 턱까지 차올랐다. 처음엔 바다에 빠진 줄 알고 혼잣말로 중얼거렸다.

"그렇다면 기차를 타고 집에 돌아가면 되겠다."

앨리스는 살면서 딱 한 번 바닷가에 가본 적이 있었다. 그 뒤론 영국 해변에는 어디를 가든지 이동식 탈의실이 많고, 아이들은 나무로 만든 삽으로 모래놀이를 하고, 해변을 따라 숙소가 줄지어 늘어서 있고, 숙소 뒤쪽으로 가면 기차역이 있다고 믿게 되었다. 하지만 이내 그곳은 바다가 아니라 자신이 키가 3미터였을 때 흘렸던 눈물이 고여 만들어진 눈물 웅덩이임을 알게 되었다.

"펑펑 울지 말 걸 그랬어."

앨리스는 빠져나갈 길을 찾느라 허우적거리며 말했다.

"너무 울어서 내가 흘린 눈물에 빠져 죽는 벌을 받나 봐. 정말 말도 안 돼! 오늘은 모든 게 다 이상하기 짝이 없어."

바로 그때 조금 떨어진 곳에서 첨벙거리는 소리가 들렸다. 앨리스는 뭐지 싶어 그쪽으로 헤엄쳐 갔다. 처음에는 바다코끼리나 하마일 거라고 생각했다. 하지만 곧 자신의 몸집이 작아진 것을 떠올렸다. 첨벙 소리를 낸 것은 앨리스처럼 눈물 웅덩이에 빠진 생쥐였다. '이 생쥐에게 말을 거는 게 도움이 될까?' 앨리스는 생각했다. '여긴 모든 게 다 이상하니까 어쩌면 생쥐도 말할 수 있을지 몰라. 어쨌든 말을 건다고 나쁠 건 없잖아.' 앨리스는 생쥐에게 말을 건넸다.

"오[4], 생쥐야! 이 웅덩이에서 빠져나갈 방법을 알고 있니? 난 이제 너무 지쳐서 헤엄도 못 치겠어. 오, 생쥐야!"

이런 식으로 말을 걸면 예의에 어긋나지 않을 거라고 생각했다. 지금껏 생쥐와 말을 해본 적은 없지만, 오빠의 라틴어 문법에서 '생쥐 — 생쥐의 — 생쥐에게 — 생쥐를 — 오 생쥐야!'를 봤던 기억이 떠올랐기 때문이었다. 생쥐는 호기심 어린 얼굴로 앨리스를 쳐다보았다. 그러곤 자그마한 한쪽 눈을 찡긋하는 듯하더니 아무 말도 하지 않았다. '영어를 못 알아듣나 봐.' 앨리스는 생각했다. '아마도 정복왕 윌리엄[5]이 프랑스에서 넘어올 때 같이 온 프랑스 쥐인 모양이야.' (앨리스는 역사에 대해 어느 정도 알고 있었지만, 역사적 사건들이 얼마나 오래전에 일어났는지는 정확히 알지 못했다.) 앨리스는 프랑스어 교재에 나오는 첫 번째 문장으로 다시 말을 걸었다.

"우 에 마 샤트 Ou est ma chatte (내 고양이는 어디에 있어)?"

그러자 생쥐가 물에서 펄쩍 뛰어오르더니 겁에 질린 듯 온몸을 바들바들 떠는 것 같았다.

---

4 감탄사 'O'는 라틴어에서 호격을 강조할 때 사용된다. 앨리스는 예의를 갖추기 위해 라틴어의 호격을 사용했다.

5 윌리엄은 노르망디 공작이었으나 1066년 노르만 정복으로 영국 왕위에 올랐다.

"이런, 미안해!"

앨리스는 가엾은 동물의 기분을 상하게 했을까 봐 걱정되어 다급하게 소리쳤다.

"네가 고양이를 싫어하는 걸 깜빡했어."

"난 고양이가 싫어!"

생쥐가 버럭 화를 내며 매섭게 쏘아붙였다.

"네가 나라면 고양이를 좋아하겠니?"

"음, 아마 아니겠지."

앨리스가 생쥐를 달래는 듯한 목소리로 말했다.

"화내지 마. 그래도 우리 고양이 다이너를 보여줄 수 있다면 얼마나 좋을까. 네가 다이너를 보면 고양이를 좋아하게 될 거야. 다이너는 얌전하고 정말 사랑스럽거든."

앨리스가 웅덩이를 천천히 헤엄쳐 가며 혼잣말처럼 중얼거렸다.

"있잖아, 다이너는 난로 옆에 앉아 아주 기분 좋게 가르랑거리며 앞발을 핥고 그걸로 얼굴을 닦아. 그리고 품에 안으면 얼마나 부드러운지 몰라. 그뿐인 줄 알아? 쥐를 잡는 데는 아주 선수야. 어머, 미안해!"

앨리스가 또다시 소리쳤다. 이번엔 생쥐가 온몸의 털을 곤두세운 걸로 봐서 단단히 화가 난 게 틀림없었다.

"네가 싫다면 우리 이제 다이너 얘기는 더 이상 하지 말자."

"우리, 우리라고 했어?"

생쥐가 꼬리 끝까지 바들바들 떨면서 소리쳤다.

"내가 그따위 것에 관해 이야기할 것 같아! 우리 쥐들은 고양이를 늘 증오해왔어. 못돼 먹고, 수준 낮고, 천박한 것들 같으니라고! 내 앞에서 다시는 그 이름 들먹이지 마!"

"알았어, 안 할게!"

앨리스가 서둘러 화제를 돌렸다.

"그럼…… 있잖아…… 저기…… 강아지는 좋아해?"

생쥐가 아무런 대꾸도 하지 않자 앨리스가 열심히 말을 이어갔다.

"우리 옆집에 너에게 보여주고 싶은 정말 착한 강아지가 살아. 작은 테리어 종인데 눈망울이 아주 반짝거려. 아, 갈색 털도 길고 곱슬곱슬해! 네가 물건을 던지면 아마 달려가서 물어올걸. 그러곤 허리를 세우고 앉아서 먹을 걸 달라고 할 거야. 온갖 재주를 부리는데 반도 기억이 안 나네. 농부 아저씨네 강아진데 아저씨 말로는 쓸모가 아주 많아서 백 파운드의 값어치가 있다고 하더라고! 그리고 아저씨가 그러는데 쥐도 모조리 잡아버린다고……. 앗, 이런!"

앨리스가 한껏 미안해하며 말했다.

"내가 또 네 기분을 상하게 했나 봐!"

그러자 생쥐는 있는 힘껏 헤엄쳐 멀리 가버렸다. 그 바람에 물이 크게 일렁이며 웅덩이에 한바탕 소란이 일었다. 앨리스가 생쥐를 조심스럽게 불렀다.

"생쥐야! 다시 돌아와. 네가 싫다면 고양이나 강아지 이야긴 두 번 다시 꺼내지 않을게."

그러자 생쥐가 몸을 돌려 천천히 앨리스 쪽으로 헤엄쳐 돌아왔다. 그런데 얼굴이 아주 창백해보였다. (앨리스는 생쥐가 화가 나서 그런 거라고 생각했다.) 생쥐는 작고 떨리는 목소리로 말했다.

"일단 물 밖으로 나가자. 그런 다음 내 이야기를 들려줄게. 내 얘길 듣고 나면 내가 왜 고양이랑 강아지를 싫어하는지 알게 될 거야."

이제 정말 웅덩이에서 나가야 했다. 눈물 웅덩이는 어느새 새들과 동물들로 북적거렸다. 오리며 도도새, 앵무새, 새끼 독수리에 정체를 알 수 없는 이상한 동물들까지 있었다. 앨리스가 앞장서자 모두 그 뒤를 쫓아 물가로 헤엄쳐 갔다.

제3장

코커스 경주와 긴 이야기

웅덩이를 벗어난 동물들은 정말 이지 꼴이 말이 아니었다. 새들은 깃털이 바닥에 질질 끌려 볼품이 없었고, 다른 동물들은 털이 몸에 찰싹 들러붙어 있었다. 다들 언짢고 짜증이 잔뜩 난 채로 물을 뚝뚝 흘리고 있었다. 하지만 몸을 말리는 게 먼저였기에 마냥 짜증만 낼 순 없었다. 동물들은 머리를 모아 이 문제를 의논했다. 앨리스도 그들과 오랫동안 알고 지낸 사이처럼 아주 자연스럽게 대화에 끼어들었다. 그러다가 앵무새와 한참 동안 언쟁을 벌였다. 결국 앵무새가 삐쳐서 말했다.

"내가 너보다 나이가 많아. 그러니까 당연히 너보다 아는 것도 많겠지."

앨리스는 앵무새의 나이를 알기 전까진 그 말을 인정할 수 없었다. 그래서 앵무새에게 나이를 물었지만, 앵무새는 끝까지 나이를 밝히지 않았다. 결국 그 상태로 대화는 중단되었다. 동물 무리 가운데 그나마 권위 있어 보이는 생쥐가 참다못해 큰 소리로 말했다.

"다들 앉아서 내 말 좀 들어봐! 내가 몸이 금방 마르게 해줄게!"

그 말에 동물들은 곧장 생쥐 주위로 동그랗게 모여 앉았다. 몸을 빨리 말리지 않으면 독감에 걸릴 것만 같아 앨리스는 걱정스러운 눈빛으로 생쥐를 바라보았다.

"에헴!"

생쥐가 무게를 잡으며 말했다.

"다들 들을 준비된 거지? 이 이야긴 내가 아는 이야기 중 가장 건조한[6] 이야기야. 그러니 다들 쉿! 정복왕 윌리엄은 교황의 신임을 등에 업고 통치자를 원했던 영국인들을 쉽게 굴복시켰어. 그 당시 영국인들은 왕권 찬탈과 정복에 아주 익숙해져 있었거든. 에드윈과 모르카는 머시아 왕국과 노섬브리아

---

[6] 'Dry'는 '건조한'과 '재미없는'의 의미가 둘 다 있기 때문에 생쥐는 이를 이용해 말장난을 하고 있다.

왕국의 백작이었는데……."

"으윽!"

앵무새가 몸을 부르르 떨면서 외쳤다.

"미안한데, 지금 뭐라고 한 거야?"

생쥐가 인상을 찌푸리면서도 예의를 갖춰 물었다.

"난 아무 말도 안 했어!"

앵무새가 생쥐의 말이 끝나기가 무섭게 대답했다.

"난 네가 뭐라고 말한 줄 알았지."

생쥐가 말했다.

"그럼 계속할게. 머시아 왕국과 노섬브리아 왕국의 백작인 에드윈과 모르카는 정복왕 윌리엄을 지지하기로 선언했어. 심지어 애국심이 강했던 캔터베리 대주교 스티건드조차 그것이 타당하다는 결론을 찾아냈지[7]……."

"뭘 찾았는데?"

오리가 물었다.

"그것이 타당하다는 결론을 찾았다고. '그것'이 뭔지는 알잖아."

생쥐가 짜증 섞인 목소리로 대답했다.

---

[7] 'Find'는 '찾다'와 '생각하다'의 의미가 있다. 생쥐는 '생각하다'의 뜻으로 말했고, 오리는 '찾다'의 뜻으로 이해했다.

"내가 찾는 건 잘 알지. 내가 '그것'을 찾았다고 하면 대체로 개구리나 벌레거든. 내가 궁금한 건 대주교는 뭘 찾았냐는 거야."

오리가 다시 물었지만, 생쥐는 오리의 질문을 무시한 채 서둘러 이야기를 이어나갔다.

"대주교는 왕족의 한 사람인 에드거 애설링과 함께 정복왕 윌리엄을 찾아가 그에게 왕관을 하사하는 것이 타당하다는 결론을 찾아냈어. 처음에 정복왕 윌리엄은 온건한 입장이었지. 하지만 그의 부하였던 노르만족의 오만함이란……. 어때? 꼬마 아가씨, 이제 좀 말랐어?"

생쥐가 앨리스를 쳐다보며 물었다.

"아직도 축축해. 하나도 안 마른 것 같은데."

앨리스가 실망스러운 듯 대답했다. 그러자 도도새가 벌떡 일어서서 진지하게 말했다.

"그렇다면 말이지. 회의는 이쯤에서 휴정하고 좀 더 적극적인 대책을 시급히 마련하는 게……."

"알아듣게 말해!"

새끼 독수리가 외쳤다.

"네가 하는 말은 반도 못 알아듣겠어. 내 생각엔 너도 무슨 말인지 모르고 말하는 것 같은데!"

새끼 독수리는 웃음을 감추기 위해 고개를 숙였고, 다른 몇몇 새들은 모두가 들리게 킥킥거렸다.

"내가 하려던 말은, 몸을 말리려면 코커스 경주가 제일 좋다는 거야."

도도새가 기분 나쁜 투로 말했다.

"코커스 경주가 뭔데?"

앨리스가 물었다. 사실 앨리스는 코커스 경주가 뭔지 그다지 궁금하지 않았다. 다만 도도새가 누군가 물어봐주기를 바라며 뜸을 들였고, 아무도 질문할 생각이 없어 보이길래 하는 수 없이 물어본 것이다.

"백문이 불여일견이라고, 직접 해보자." (참고로 여러분도 겨울에 코커스 경주를 해보고 싶을지 모르니 도도새의 설명을 빌려 코커스 경주 방법을 알려줄까 한다.)

도도새는 먼저 동그스름하게 경주로를 그렸다.

"아주 동그랗지 않아도 괜찮아."

도도새가 말했다. 그러자 동물들이 경주로 이곳저곳에 자리를 잡고 서더니 '하나, 둘, 셋, 출발'과 같은 신호도 없이 각자 뛰고 싶을 때 뛰고 멈추고 싶을 때 멈췄다. 그러다 보니 경주가 언제 끝나는지 알 길이 없었다. 30분 정도 달리자 몸이 거의 말랐고, 그때 도도새가 외쳤다.

"끝!"

동물들은 숨을 헐떡이며 도도새 주변으로 몰려들었다.

"누가 1등이야?"

도도새는 선뜻 대답하기 어려운지 한 손가락으로 이마를

짚은 채 한참을 서 있었다. (그 모습은 셰익스피어의 초상화에서 종종 볼 수 있는 자세였다.) 동물들은 숨을 죽인 채 도도새의 대답을 기다렸다. 마침내 도도새가 입을 열었다.

"모두 1등이야. 그러니까 우리 전부 상을 받아야 해."

"그러면 상은 누가 주는데?"

동물들이 일제히 물었다.

"누구긴, 당연히 저 아이지."

도도새가 손가락으로 앨리스를 가리켰다. 그러자 동물들이 앨리스 주위로 우르르 몰려들어 너도나도 상을 달라고 외쳐댔다.

"상 줘! 상 줘!"

앨리스는 당황한 나머지 엉겁결에 주머니에 손을 넣어 사탕 한 봉지를 꺼냈다. (다행히 짜디 짠 눈물이 사탕에 스며들진 않았다.) 앨리스는 동물들에게 상으로 사탕을 나누어 주었다. 마침 딱 맞게 하나씩 돌아갔다.

"이 아이도 상을 받아야 해."

생쥐가 앨리스를 가리키며 말했다.

"당연하지."

도도새가 사뭇 진지하게 대답하고는 앨리스를 바라보며 물었다.

"주머니에 다른 건 없어?"

"골무밖에 없어."

앨리스가 시무룩하게 대답했다.

"이리 줘 봐."

도도새가 말했다. 그러자 동물들이 또다시 앨리스 주위로 우르르 몰려들었다. 도도새가 앨리스에게 골무를 수여하며 근엄한 목소리로 말했다.

"바라건대 이 기품 있는 골무를 받아주시오."

그러자 모두가 환호성을 질렀다. 앨리스는 어처구니가 없었지만 다들 한껏 진지한 표정을 짓고 있어서 차마 웃을 수도 없었다. 더군다나 딱히 할 말도 떠오르지 않아서 고개를 살짝 숙인 채 최대한 엄숙한 표정으로 골무를 받았다.

골무 수여식이 끝나고 사탕을 먹을 땐 한바탕 난리가 났다. 몸집이 큰 새는 요까짓 것 가지고 누구 코에 붙이냐고 투덜거렸고, 작은 새들은 사탕이 목에 걸려 등을 두드려줘야 했다. 어찌저찌하여 사탕을 다 먹은 동물들은 다시 둥글게 둘러앉아 생쥐에게 이야기를 더 해달라고 졸랐다.

"네 얘기를 들려주겠다고 약속했잖아."

앨리스가 말했다. 앨리스는 생쥐의 기분을 또다시 상하게 할까 살짝 걱정되어 나지막한 목소리로 덧붙였다.

"네가 왜 '고'와 '강'으로 시작하는 동물을 싫어하는지도 말해줘."

"이 이야긴 내 꼬리처럼 길고 슬퍼!"

생쥐가 앨리스를 바라보며 한숨을 내쉬었다.

"네 꼬리[8]가 긴 건 누가 봐도 알겠어."

앨리스가 생쥐의 꼬리를 쳐다보며 의아하다는 듯 물었다.

"그런데 꼬리가 슬프다는 건 무슨 말이야?"

앨리스는 생쥐가 이야기를 하는 동안에도 그 말의 뜻을 골똘히 생각했다. 결국 앨리스의 머릿속에서 생쥐의 이야기가 꼬리처럼 길게 구불구불 구부러져버렸다.

> 개 퓨리[9]가 집에서
>   마주친 생쥐에게 말했네.
>   "우리 같이 법정에 출두하자.
>   내가 너를 고소할 참이거든.
>   이봐, 넌 거부 따윈 할 수 없어.
>   무조건 재판을 받아야 해.
>   마침 난 오늘 아침에
>   할 일도 없는데
>   잘됐네."
>   그러자 생쥐가

---

[8] 생쥐는 '이야기Tale'로 말했으나 앨리스는 발음이 같은 '꼬리Tail'로 이해했다.

[9] 퓨리는 개의 이름이기도 하고 '분노Fury'라는 뜻도 있다.

성질 사나운 똥개에게 말했네.
"이보세요.
배심원도 판사도 없는
재판이 재판인가요?
우리 입만 아프지."

"내가 판사도 하고
배심원도 하면 돼."
교활하고
늙어빠진
퓨리가 말했네.
"내가
이 사건을
도맡아
처리할
거야.
그리고
네게
사형선고를
내릴 거다."

"너, 내 말 듣고 있는 거야? 무슨 생각을 그렇게 해?"

생쥐가 앨리스를 향해 야멸차게 쏘아붙였다.

"미안해. 내 생각엔 네 꼬리가 한 다섯 번 정도 구부러진 것 같은데, 아니야?"

앨리스가 몹시 겸연쩍은 듯 말했다.

"아니야!"

생쥐가 버럭 성질을 내며 소리쳤다.

"꼬리가 엉켰구나![10] 내가 푸는 걸 도와줄게."

앨리스는 남을 돕는 걸 좋아했기에 걱정스러운 얼굴로 말했다.

"그렇겐 못 하지. 말도 안 되는 소리로 날 모욕하다니!"

생쥐는 자리에서 벌떡 일어나 횡하니 가버렸다.

"그런 뜻이 아니었어!"

불쌍한 앨리스는 그런 뜻이 아니라고 애원했다.

"그런데 있잖아, 넌 너무 잘 삐치는 것 같아!"

생쥐는 씩씩거리기만 할 뿐 아무 대답도 하지 않았다.

"그러지 말고 돌아와서 이야기를 마저 들려줘!"

앨리스가 생쥐를 향해 외치자 다른 동물들도 한목소리로 외쳤다.

"그래, 이야기를 마저 들려줘!"

---

[10] 생쥐가 '아니다Not'라고 대답했지만, 앨리스는 발음이 같은 '매듭Knot'으로 알아들었다.

하지만 생쥐는 고개를 절레절레 흔들며 종종걸음으로 가 버렸다.

"섭섭하게 그냥 가버리네!"

생쥐가 사라지자 앵무새가 한숨을 내쉬며 말했다. 그 틈을 놓칠세라 나이 많은 게가 딸에게 말했다.

"애야, 잘 보고 배우렴. 저렇게 성질을 부리면 안 된단다!"

"엄마! 그만하세요."

어린 게가 살짝 퉁명스럽게 말했다.

"엄마 잔소리는 돌부처[11]도 참기 힘들 거예요!"

"우리 다이너가 여기 있으면 얼마나 좋을까! 그러면 쪼르르 달려가서 생쥐를 잽싸게 물어올 텐데."

앨리스가 허공에 대고 혼잣말로 중얼거렸다.

"저기, 물어봐도 되는지 모르겠는데 다이너가 누구야?"

앵무새의 질문에 앨리스는 신이 나서 대답했다. 다이너 이야기라면 언제든지 말할 준비가 돼 있었다.

"다이너는 우리 고양이야. 쥐를 잡는 덴 아주 선수지. 너희들은 상상도 못할걸! 아, 맞다. 새도 얼마나 잘 잡는지 몰라. 다이너가 새를 쫓는 모습을 너희들도 볼 수 있으면 좋을 텐데.

---

[11] 원문에는 '굴Oyster'이라 쓰여 있다. 굴은 단단한 껍데기와 잘 열리지 않는 특성 때문에 말수가 적은 사람을 비유하는 표현으로 쓰이곤 한다. 하지만 여기에서는 익숙한 표현을 사용하기 위해 '돌부처'로 표기한다.

작은 새는 보자마자 한입에 집어삼켜 버릴걸!"

앨리스의 말에 다들 술렁술렁 동요하기 시작했다. 몇몇 새들은 서둘러 자리를 떴고 늙은 까치는 몸을 잔뜩 움츠리며 말했다.

"이제 정말 집에 가야겠어. 밤공기가 목에 안 좋아서 말이지!"

엄마 카나리아도 떨리는 목소리로 새끼들을 불러 모았다.

"얘들아, 우리도 그만 가자. 잠자리에 들 시간이야!"

다들 이런저런 핑계를 대며 자리를 뜨자 앨리스는 혼자 덩그러니 남겨졌다.

"다이너 얘기는 하지 말 걸 그랬어!"

앨리스가 잔뜩 풀이 죽은 목소리로 중얼거렸다.

"여기 있는 누구도 다이너를 좋아하지 않는 것 같아. 우리 다이너는 세상에 둘도 없는 멋진 고양인데! 아, 귀여운 우리 다이너! 널 다시 만날 수 있을까?"

앨리스는 너무 외롭고 울적한 마음에 또다시 울음을 터트렸다. 얼마나 지났을까. 또다시 멀리서 타닥타닥 발소리가 들려왔다. 앨리스는 혹시나 생쥐가 마음을 고쳐먹고 이야기를 마저 들려주려고 돌아오나 싶어 기대에 찬 눈빛으로 고개를 들었다.

제4장

토끼가 도마뱀 빌을 보내다

눈앞에 나타난 건 토끼였다. 토끼는 무언가를 잃어버렸는지 근심 가득한 얼굴로 주변을 두리번거리며 천천히 걸어오고 있었다. 앨리스는 토끼가 중얼거리는 소리를 들었다.

"공작부인! 공작부인! 공작부인이 틀림없이 나를 사형에 처할 거야. 아! 내 소중한 발! 내 털과 수염! 공작부인은 족제비만큼이나[12] 무서워! 그나저나 도대체 어디다 떨어뜨린 걸

12   과거 영국과 유럽 여러 지역에서 족제비는 토끼와 같은 작은 동물을

까?"

앨리스는 토끼가 찾는 물건이 부채와 흰 가죽 장갑이라는 걸 단박에 눈치챘다. 토끼를 도와주고 싶은 마음에 이리저리 둘러보았지만 부채와 장갑은 어디에도 보이지 않았다. 그제야 앨리스는 유리 탁자와 작은 문이 있던 넓은 복도가 온데간데없이 사라졌다는 걸 알아차렸다. 물건을 찾느라 여기저기 기웃거리는 앨리스를 발견한 토끼는 화가 난 목소리로 소리쳤다.

"이런, 메리 앤, 여기서 뭐 하는 거야? 당장 집에 달려가서 장갑 한 켤레와 부채를 가져와! 빨리! 지금 당장!"

앨리스는 화들짝 놀라 사람을 잘못 본 것 같다는 말도 못한 채 토끼가 가리키는 방향으로 냅다 뛰어갔다.

"나를 하녀로 착각했나 봐."

앨리스가 달리면서 중얼거렸다.

"내가 누군지 알면 놀라 자빠지겠지! 일단 부채와 장갑을 가져다주는 게 좋겠어. 찾을 수만 있다면 말이야."

바로 그때 앨리스의 눈앞에 깔끔하고 아담한 집이 나타났다. 대문에 걸린 황동 문패에는 '흰토끼'라는 이름이 새겨져 있었다. 앨리스는 집에 들어갔다가 진짜 메리 앤을 만나 부채

사냥하는 데 쓰였다. 그래서 토끼들은 족제비를 본능적으로 두려워한다고 한다.

와 장갑을 찾지도 못한 채 쫓겨나면 어쩌나 하는 걱정이 들었다. 그래서 노크도 하지 않고 서둘러 위층으로 올라갔다.

"내가 토끼 심부름을 하다니…… 별 희한한 일이야."

앨리스가 중얼거렸다.

"다음엔 다이너가 심부름을 시키는 건 아닌지 몰라!"

앨리스는 어느새 상상의 나래를 펼쳤다.

'앨리스 아가씨! 빨리 산책하러 나가세요!'

'유모, 잠시만요! 다이너가 올 때까지 쥐가 나오지 못하도록 이 쥐구멍을 지켜야 해요.'

'다이너가 나한테(사람들한테) 이래라저래라 명령하면 사람들이 다이너를 가만두지 않을 텐데…….'

앨리스는 깔끔하게 정돈된 작은 방에 들어섰다. 창가 근처 탁자 위에(앨리스가 바라던 대로) 부채와 작은 흰 장갑 두세 켤레가 놓여 있었다. 앨리스는 부채와 장갑 한 켤레를 들고 방을 나서려다가 거울 옆에 놓인 작은 병을 보았다. 이번에는 '날 마셔요' 같은 글자가 적힌 라벨은 없었다. 그런데도 앨리스는 마개를 열고 병에 입을 대며 중얼거렸다.

"틀림없이 재미있는 일이 일어날 거야. 내가 뭔가를 먹거나 마실 때마다 그랬잖아. 이걸 마시면 어떻게 될지 궁금해. 이번엔 다시 커졌으면 좋겠어. 정말이지 이렇게 조그마한 모습으로 있는 건 딱 질색이란 말이야!"

이번에는 앨리스가 바라던 대로 되었다. 다만 생각보다

훨씬 빠르게 키가 커져서 병 안에 든 액체를 반도 마시기 전에 머리가 천장에 닿고 말았다. 앨리스는 목뼈가 부러지지 않도록 급히 고개를 숙여야 했다. 앨리스는 재빨리 병을 내려놓으며 중얼거렸다.

"이 정도면 됐어. 더 커지지 않았으면 좋겠는데……. 이러다가 문을 통과하지 못할 수도 있겠어……. 너무 많이 마셨나 봐!"

아뿔싸! 이미 늦어버렸다. 앨리스는 멈출 줄 모르고 커지더니 금세 바닥에 무릎을 꿇어야 했다. 곧 그마저도 버티기 어려울 만큼 몸집이 커져서 한쪽 팔꿈치는 문에 딱 붙이고 다른 팔로는 머리를 감싸고 누워야 했다. 그런데도 몸은 계속 커졌다. 결국 앨리스는 최후의 수단으로 한쪽 팔을 창문 밖으로 빼고 한쪽 발은 굴뚝 안으로 집어넣었다.

"이젠 방법이 없어! 난 어떻게 되는 거지?"

다행히도 작은 병에 든 액체가 효력을 다 했는지 앨리스는 더 이상 커지지 않았다. 하지만 자세가 너무 불편했고 방 밖으로 나갈 방법도 없었다. 앨리스는 그런 자신이 불행하게 느껴졌다. 가엾은 앨리스는 생각했다. '집에 있을 걸 그랬어. 그때가 훨씬 더 즐거웠어. 그때는 이렇게 자꾸 커졌다 작아졌다 하지도 않았고 생쥐나 토끼가 이래라저래라 하는 일도 없었단 말이야. 토끼 굴에 들어가는 게 아니었어. 하지만…… 하지만…… 뭐 이렇게 사는 것도 꽤 신기하긴 해! 어떤 일이 일어날지 궁금해 죽겠단 말이지. 예전에 동화책을 읽을 때는 이야기 속에 나오는 일들이 실제로 일어날 리 없다고 생각했는데, 내가 지금 그 한가운데 있는 거잖아! 내가 주인공인 책이 있어야 해. 정말이야! 내가 크면 책을 한 권 써야겠어. 하긴 큰 걸로 치면 이미 다 크긴 했어.' 앨리스는 슬픔에 빠져 중얼거렸다.

"더군다나 여긴 더 자랄 공간도 없단 말이야."

앨리스는 생각에 빠졌다. '잠깐, 그렇다면 난 이제 여기서 더 늙지 않는다는 걸까? 그거 하난 다행이네. 할머니가 되지 않는다는 거잖아. 아니야, 그 애긴 공부를 계속해야 한다는 거잖아. 아, 그건 싫은데!'

"이런, 바보 멍청이! 여기서 어떻게 공부를 한다는 거야? 나 하나 들어갈 공간도 없는데 교과서는 어디에 둔다는 거냐고!"

앨리스는 혼자서 그럴싸한 대화를 이어갔다. 얼마 지나지 않아 밖에서 목소리가 들렸다. 앨리스는 혼잣말을 멈추고 귀를 쫑긋 세웠다.

"메리 앤! 메리 앤! 당장 내 장갑을 가져와!"

그러곤 후다닥 계단을 오르는 발소리가 들렸다. 토끼가 앨리스를 찾으러 오는 모양이었다. 앨리스는 자신이 토끼보다 천 배는 크다는 사실을 까맣게 잊고, 겁에 질려 집이 흔들릴 정도로 몸을 바르르 떨었다. 이윽고 토끼가 문 앞에 도착해 문을 밀었지만, 앨리스의 팔꿈치가 문을 막고 있었기 때문에 꿈쩍도 하지 않았다. 그때 토끼가 혼잣말로 중얼거리는 소리가 들렸다.

"안 되겠군. 뒤로 돌아서 창문으로 들어가는 수밖에."

'그것도 안 될 텐데.' 앨리스는 생각했다. 앨리스는 창문 바로 아래쪽에서 소리가 날 때까지 기다렸다가 손을 획 내밀어 허공에 대고 휘저었다. 손에 잡히는 것은 아무것도 없었지만, 작은 외마디 소리와 함께 무언가가 떨어지는 소리가 나더니 와장창 유리 깨지는 소리가 들렸다. 앨리스는 토끼가 오이를 키우는 작은 온실 같은 곳에 떨어진 모양이라고 생각했다. 이어서 토끼의 화난 목소리가 들렸다.

"팻! 팻! 어디 있어?"

그러자 처음 듣는 목소리가 들렸다.

"나리, 저 여기 있습니다! 사과[13]를 캐고 있어요."

"사과를 캔다고?"

토끼가 화가 나 소리쳤다.

"여기! 이쪽으로 와서 나 좀 꺼내줘!" (또다시 유리 깨지는 소리가 들렸다.)

---

13 'Sure then'이나 'Yer honour'와 같은 표현이 쓰인 걸로 봐서 팻은 아일랜드 영어를 구사하고 있다. 19세기에 아일랜드인들은 감자를 'Irish apple'이라고 은유적으로 부르곤 했기 때문에 '사과를 캐고 있다'는 말은 '감자를 캐고 있다'는 말로도 해석할 수 있다.

"말해 보게, 팻. 창문에 있는 저게 뭐지?"

"저건 팔입니다요, 나리." (팻은 팔을 '파아알'이라고 발음했다.)

"팔이라고? 이런 멍청한 녀석! 저렇게 큰 팔이 어디 있어? 창문에 꽉 들어찼잖아!"

"정말 그러네요, 나리. 하지만 팔이 맞습니다요."

"그렇다 치고, 저게 왜 저기 있어? 가서 당장 치워!"

그러곤 한참 동안 침묵이 이어졌고, 간간이 속닥거리는 소리만 들렸다.

"싫어요, 나리. 싫습니다요."

"하라는 대로 해, 이 겁쟁이야!"

앨리스는 다시 한 번 손을 펼쳐 허공에 대고 휘저었다. 이번에는 둘이 비명을 질렀고 또다시 유리 깨지는 소리가 들렸다. '오이를 심은 온실이 정말 많나 보네!' 앨리스는 생각했다. '다음엔 또 어떻게 할지 궁금하군! 날 창문 밖으로 끄집어내려나? 그래 주면 좋을 텐데! 나도 더 이상 이곳에 있고 싶지 않단 말이야!' 그러곤 한참을 기다렸지만, 아무 소리도 들리지 않았다. 마침내 작은 수레바퀴가 덜컹거리며 굴러가는 소리가 나더니 여럿이 떠드는 소리가 들렸다.

"사다리 하난 어디에 있어?"

"전 하나밖에 안 가져왔습니다요. 나머지 하난 빌한테 있습죠."

"어이, 빌! 그걸 이리로 가져 와."

"여기, 이쪽 구석에 사다리를 세워."

"아니, 먼저 둘을 하나로 묶어야지."

"그거론 높이가 반도 안 되겠어."

"아이고! 되고도 남아. 잔소리 좀 그만해."

"여기야, 빌! 이 밧줄을 꽉 잡아."

"지붕이 버틸 수 있을까?"

"거기 슬레이트가 헐거우니까 조심해."

"저런, 떨어진다! 머리 조심해!" (그때 슬레이트가 떨어지며 와장창 소리를 냈다.)

"방금 누가 그랬어?"

"빌이 그랬겠지."

"누가 굴뚝으로 내려갈래?"

"싫습니다, 나리. 전 못합니다요! 나리가 하세요!"

"나도 못해. 빌이 들어가는 게 좋겠어."

"이봐, 빌! 나리가 너보고 굴뚝에 들어가라셔!"

"앗! 그럼 이제 빌이 굴뚝으로 내려온단 말이지?"

앨리스가 중얼거렸다.

"그런데 왜 다들 빌한테 떠넘기는 것 같지? 내가 빌이라면 엄청난 것을 준대도 안 할 거야. 벽난로가 좁긴 한데 그래도 발로 살짝 차볼 순 있을 것 같은데."

앨리스는 발을 굴뚝 쪽으로 최대한 밀어 넣은 다음 작은 동물이 (어떤 동물인지는 가늠조차 되지 않았다.) 끙끙대며 굴뚝 벽을 기어 내려오는 소리가 가까이 들릴 때까지 기다렸다.

"빌인가 보네."

앨리스는 혼잣말로 중얼거리곤 있는 힘껏 발차기를 날렸다. 그러고 나서 무슨 일이 일어날지 궁금해하며 기다렸다.

"저기 빌이 날아간다!"

여럿이 외치는 소리가 들렸다. 그 다음 토끼의 목소리가 들렸다.

"빌을 잡아! 울타리 옆에 있는 너 말이야!"

그러곤 잠시 침묵이 흐르는가 싶더니 또다시 왁자지껄 떠들어대는 소리가 들렸다.

"머리를 세워."

"브랜디를 좀 먹여봐."

"목은 누르지 말고."

"이봐, 괜찮아? 무슨 일이 있었던 거야? 전부 다 말해봐!"

그러자 끽끽거리며 다 죽어가는 듯한 목소리가 작게 들려왔다. '빌인가 보군.' 앨리스가 생각했다.

"저도 잘 모르겠어요……. 이제 브랜디는 됐어요, 고맙습니다. 이제 좀 살 것 같네요. 하지만 정신이 하나도 없어서 뭐가 뭔지 모르겠어요. 기억나는 건 장난감 상자에서 용수철이 튀어나오는 것처럼 뭐가 갑자기 팍 튀어나왔고, 제가 로켓처럼 하늘로 휙 날아올랐다는 것뿐이에요!"

"맞아, 하늘로 날아올랐어!"

다들 맞장구를 쳤다.

"집에 불을 지르는 수밖에 없겠어."

토끼의 목소리가 들렸다. 그 소리에 앨리스가 있는 힘껏 소리쳤다.

"그러기만 해! 다이너를 풀어놓을 테니까!"

일순간 주위가 쥐 죽은 듯 조용해졌다. '이제 또 어떻게 하려나? 지붕을 뜯어내면 될 텐데. 머리를 좀 쓰란 말이야.' 앨리스가 생각했다. 잠시 후 이리저리 움직이는가 싶더니 토끼의 목소리가 들렸다.

"일단 한 수레면 될 거야."

'뭐가 한 수레라는 거야?' 하지만 더 생각할 겨를도 없이 작은 자갈들이 창문으로 우수수 쏟아져 내렸고, 그중 몇 개는 앨리스의 얼굴을 맞추고 떨어졌다.

"이대로 가만히 있을 순 없지."

앨리스가 중얼거리며 밖에 대고 소리쳤다.

"관두는 게 좋을 걸!"

그러자 또다시 침묵이 흘렀다.

그런데 놀랍게도 자갈들이 바닥에 떨어지면서 작은 케이크로 변하는 게 아닌가! 그 순간 앨리스에게 번뜩이는 생각이 떠올랐다. '저 케이크를 먹으면 틀림없이 내 몸이 커지거나 작아질 거야. 이보다 더 커질 순 없을 테니까 작아질 게 확실해.' 앨리스는 케이크 한 조각을 집어 꿀꺽 삼켰다. 그러자 다행히도 곧바로 몸이 작아지기 시작했다. 문을 통과할 수 있을 만큼 작아지자 앨리스는 곧장 집 밖으로 뛰쳐나갔다. 밖에는 한 무리의 작은 동물과 새가 모여 있었다. 무리 한가운데에는 불쌍한 작은 도마뱀 빌이 있었고, 기니피그 두 마리가 빌을 부축해 병에 든 무언가를 먹이고 있었다. 앨리스가 나타나자 동물들이 우르르 앨리스에게 달려들었다. 앨리스는 있는 힘껏 도망쳐 울창한 숲속에 몸을 숨겼다.

"일단 몸을 원래 크기로 되돌려야 해. 그러고 나서 아름다운 정원으로 가는 길을 찾는 거야. 그게 최선이야."

앨리스는 숲속을 이리저리 헤매며 중얼거렸다. 더할 나위 없이 아주 간단하고 멋진 계획이었다. 하지만 한 가지 문제가 있었다. 어디서부터 시작해야 할지 모른다는 거였다. 앨리스가 조심스럽게 수풀 사이로 주위를 살피고 있는데 머리 위에서 무언가 작고 날카롭게 짖는 소리가 들렸다. 앨리스는 재빨리 위를 올려다보았다. 몸집이 엄청나게 큰 강아지 한 마리가 커다랗고 동그란 눈으로 앨리스를 내려다보더니 한 발을 살며시 내밀어 앨리스를 만지려 했다.

"아유, 가엾어라!"

앨리스는 강아지가 너무 애처로워 보여 휘파람을 불어주려다가, 이 강아지가 배가 고픈 상태일지도 모른다는 생각이 들었다. 그렇다면 달래려는 앨리스의 마음도 모른 채 꼼짝없이 잡아먹힐 터였다. 앨리스는 자신도 모르게 작은 나뭇가지

하나를 집어 들어 강아지에게 내밀었다. 그러자 강아지는 신이 났는지 컹컹 짖으며 공중으로 펄쩍 뛰어올랐다. 그리고는 나뭇가지를 향해 달려들더니 장난감처럼 물고 흔들었다.

앨리스는 강아지에게 부딪혀 다칠까 봐 재빨리 커다란 엉겅퀴 뒤로 몸을 숨겼다. 잠시 후 앨리스가 반대편에서 몸을 삐죽 내밀자 강아지는 또다시 나뭇가지를 향해 돌진했다. 하지만 흥분해서 몸을 주체하지 못한 나머지 그만 거꾸로 나자빠지고 말았다. 앨리스는 강아지 발에 밟힐 것 같을 때마다 엉겅퀴 뒤로 몸을 숨기기를 반복했는데, 그러고 있자니 마치 말과 노는 것 같다는 생각이 들었다.

강아지는 줄곧 쉰 목소리로 짖어대며 나뭇가지를 향해 조금 달려갔다가 다시 뒤로 물러나기를 반복했다. 그러다가 결국 나뭇가지에서 멀찍이 떨어져 앉아 커다란 눈을 반쯤 감고 혀를 쑥 내밀며 숨을 헐떡거렸다. 앨리스는 이때다 싶어 얼른 도망쳤다. 힘이 다 빠지고 숨이 턱 끝까지 차오를 때까지, 강아지 짖는 소리가 멀리서 아주 희미하게 들릴 때까지 달리고 또 달렸다.

"그래도 정말 귀여운 강아지였어!"

앨리스가 미나리아재비에 털썩 주저앉으며 말했다. 그러곤 미나리아재비 잎을 한 장 뜯어 부채질했다.

"내가 원래 크기였다면 강아지한테 나뭇가지를 가지고 노는 법을 알려줬을 텐데. 참! 하마터면 다시 커져야 한다는 걸 깜빡할 뻔했네! 어디 보자. 어떻게 하지? 뭐라도 먹거나 마셔야 할 것 같은데. 그나저나 뭘 먹어야 한담?"

먹을 걸 찾는 게 큰 문제였다. 앨리스는 주변에 핀 꽃과 풀잎을 둘러보았지만 지금 상황에선 먹거나 마실 만한 게 보이지 않았다. 그때 가까운 곳에 자신의 키만큼 자란 버섯이 눈에 띄었다. 앨리스는 버섯의 아래쪽, 옆쪽, 뒤쪽까지 구석구석 살펴보았다. 그러다가 문득 버섯 위도 살펴보고 싶어졌다.

앨리스는 까치발을 들고 서서 버섯 위를 슬쩍 올려다보았다. 바로 그때 커다란 파란 애벌레와 눈이 딱 마주쳤다. 애벌레는 앨리스나 주변 어떤 것도 아랑곳하지 않은 채 버섯 위에 팔짱을 끼고 앉아 기다란 물담배를 뻐끔뻐끔 피워댔다.

제5장

애벌레의 충고

　　　　　　　　　애벌레와 앨리스는 서로 말없이 한참을 바라보았다. 드디어 애벌레가 입에 물고 있던 물담배를 빼더니 나른하고 졸린 목소리로 물었다.

"넌 누구니?"

대뜸 누구냐고 묻다니 그다지 달갑지 않은 인사였다. 앨리스는 살짝 망설이다가 대답했다.

"지금은 잘 모르겠어요. 적어도 오늘 아침에 일어났을 때까지만 해도 제가 누군지 알았거든요. 그런데 그 뒤로 여러 번 바뀐 것 같아요. 틀림없어요."

"그게 무슨 말이지? 똑바로 설명해봐!"

애벌레가 차갑게 말했다.

"하지만 설명할 수가 없어요. 아시겠지만 전 지금 제가 아니거든요."

"모르겠는데."

애벌레가 대답했다.

"죄송하지만, 이것보다 더 설명을 잘할 수는 없어요. 저도 뭐가 뭔지 모르겠어요. 오늘 하루 동안 몇 번을 커졌다 작아졌다 했는지 몰라요. 혼란스러워 죽겠어요."

앨리스가 아주 공손하게 대답했다.

"그게 왜 혼란스럽다는 건지 모르겠다."

"음, 아직 이런 일을 겪어보지 않아서 그러시겠지만, 언젠가 애벌레 님도 번데기가 될 거잖아요. 그다음에는 나비가 될 거고요. 그러면 기분이 좀 이상하지 않겠어요?"

"아니, 전혀."

"뭐, 저랑은 다를 수도 있겠죠. 저라면 기분이 아주 이상할 것 같거든요."

"너!"

애벌레가 앨리스의 말을 무시하며 물었다.

"너는 누구지?"

대화가 다시 원점으로 돌아갔다. 앨리스는 애벌레가 자꾸만 말을 끊으며 대답해서 살짝 짜증이 났다. 앨리스는 몸을 꼿

꼿이 세우고 사뭇 진지하게 말했다.

"그러는 당신은 누구시죠? 당신이 먼저 말해줘야 할 것 같은데요."

"왜?"

애벌레가 되물었다. 또다시 난처한 질문이 되돌아왔다. 앨리스는 마땅한 이유도 떠오르지 않고, 애벌레의 기분이 썩 좋아 보이지도 않아서 뒤돌아 발걸음을 옮겼다.

"돌아와!"

애벌레가 앨리스의 등 뒤에 대고 소리쳤다.

"할 말이 있어. 중요한 거야!"

앨리스는 귀가 솔깃해져 애벌레에게 되돌아갔다.

"성질 좀 죽이지 그래."

애벌레가 말했다.

"할 말이라는 게 그거예요?"

앨리스가 치밀어오르는 화를 누르며 물었다.

"아니."

앨리스는 딱히 할 일도 없고 애벌레가 뭔가 중요한 이야기를 해줄까 싶어 기다리기로 했다. 하지만 애벌레는 물담배만 뻐끔거릴 뿐 아무 말도 하지 않았다. 그렇게 몇 분이 지났을까 마침내 애벌레가 팔짱을 풀더니 입에서 물담배를 떼곤 물었다.

"그러니까 네 생각엔 네가 변했다는 거지?"

"그런 것 같아요."

앨리스가 대답했다.

"전에 알던 것들이 기억나질 않아요. 게다가 10분도 안 돼 몸이 자꾸 커졌다 작아졌다 하는 걸요!"

"뭐가 기억나질 않지?"

애벌레가 물었다.

"그게 「부지런한 꼬마 꿀벌」을 외우려고 했거든요. 그런데 전부 틀렸다니까요!"

앨리스가 잔뜩 풀 죽은 목소리로 대답했다.

"그럼 「윌리엄 신부님, 신부님은 늙으셨어요」를 암송해 봐."

앨리스는 두 손을 맞잡고 시를 읊기 시작했다.

"윌리엄 신부님, 신부님은 늙으셨어요."
젊은이가 말했네.
"머리도 새하얀데
쉬지 않고 물구나무서기를 하시다니,
그 나이에 그래도 된다고 생각하세요?"

"내가 젊었을 땐 말이야."
윌리엄 신부가 대답했네.
"머리를 다칠까 무서웠다네.

하지만, 이젠 무서울 게 없으니
아무렴 어떤가, 하고 또 해야지."
"말씀드렸다시피 신부님은 늙으셨어요."
젊은이가 말했네.
"게다가 살도 많이 찌셨잖아요.
그런데 재주를 넘으며 문을 들어오시다니,
도대체 왜 그러시는 거예요?"
"내가 젊었을 땐 말이야."
지혜로운 신부가 백발을 휘날리며 대답했네.
"팔다리가 아주 유연했다네.
이게 다 연고 덕분이지.
한 통에 단돈 1실링인데
자네도 좀 사겠나?"

"신부님은 늙으셨어요."
젊은이가 말했네.
"턱이 약해져
비곗덩이도 겨우 씹으실 텐데
거위를 먹을 때 뼈와 부리까지 몽땅 드시다니,
도대체 비결이 뭔가요?"

"내가 젊었을 땐 말이야."

신부가 대답했네.
"매번 법정에 가서
마누라와 사사건건 따지고 싸웠지.
그 덕에 턱에 힘이 붙어
한평생 거뜬하다네."
"신부님은 늙으셨어요."
젊은이가 말했네.
"아무도 모를 거예요.
신부님 눈이 얼마나 좋은지.
콧등에 뱀장어를 올리고 균형을 잡으시다니,
도대체 비결이 뭔가요?"

"세 가지나 대답했으니 충분하지 않은가."
신부가 대답했네.
"그만 좀 늙었다고 말하게나!
내가 자네의 으스대는 헛소리를 온종일 들어줄 거라 생각했나?
그만 꺼지게. 안 그러면 계단 아래로 걷어차버릴 테니!"

"엉망진창이군."
애벌레가 말했다.
"속상하지만 그래도 많이 틀리진 않았어요."

앨리스가 의기소침해져 말했다.

"단어만 몇 개 바뀌었을 뿐이에요."

"처음부터 끝까지 다 틀렸어."

애벌레가 에누리 없이 딱 잘라 말하자 잠시 침묵이 흘렀다. 먼저 말을 꺼낸 건 애벌레였다.

"그럼 넌 어떤 크기를 원하지?"

"음, 딱히 원하는 크기는 없어요."

앨리스가 기다렸다는 듯 대답했다.

"아시다시피 너무 자주 바뀌어서 싫다는 거예요."

"난 모르는데."

애벌레가 대답했다. 앨리스는 아무런 대꾸도 하지 않았다. 살면서 이렇게까지 무시를 당한 적이 있었나 싶어 화가 나기 시작했다.

"지금은 만족하니?"

애벌레가 물었다.

"글쎄요, 괜찮다면 조금 더 커졌으면 좋겠어요. 아무리 그래도 8센티미터는 좀 아니잖아요."

"그 정도면 딱 좋은 키야!"

애벌레가 화가 난 목소리로 말하며 몸을 꼿꼿이 세웠다. (사실 애벌레는 정확히 8센티미터였다.)

"하지만 저는 이 키가 익숙하지 않단 말이에요!"

가엾은 앨리스가 애처로운 말투로 말했다. 그러곤 속으로

생각했다. '여기 동물들은 왜 다들 툭하면 화를 낸담. 화 좀 그만 냈으면 좋겠어!'

"곧 익숙해질 거야."

애벌레는 달랑 한마디를 던지곤 다시 물담배를 피우기 시작했다. 이번에는 앨리스도 애벌레가 다시 입을 열 때까지 참고 기다렸다. 잠시 후 애벌레가 물담배를 입에서 빼고 한두 차례 하품을 하더니 몸을 부르르 털었다. 그러곤 버섯에서 내려와 "한쪽은 커지고 다른 쪽은 작아져."라는 말만 남기고 풀숲으로 슬슬 기어갔다.

'한쪽? 다른 쪽? 뭘 말하는 거야?' 앨리스가 속으로 생각했다.

"버섯 말이야."

앨리스가 소리 내 물어보기라도 한 듯 애벌레는 툭 한 마디 던지더니 숲으로 사라져버렸다. 앨리스는 버섯을 유심히 바라보며 어느 쪽이 한쪽이고 어느 쪽이 다른 쪽일지 고민에 빠졌다. 완벽하게 동그란 버섯에서 어느 한쪽을 찾는 건 쉽지 않았다. 결국 앨리스는 두 팔을 한껏 벌려 버섯을 끌어안고 손끝에 닿는 버섯의 가장자리를 조금씩 떼어냈다.

"음, 어느 쪽이 어느 쪽일까?"

앨리스는 중얼거리며 먼저 오른손에 든 버섯을 입에 조금 넣고 우물거리며 무슨 일이 일어날지 기다렸다. 그때였다. 앨리스는 턱 밑을 세게 한 방 얻어맞았다. 턱이 발등을 친 것이다! 너무 갑작스레 일어난 일이라 소스라치게 놀랐지만, 키가 빠른 속도로 줄어들고 있어서 머뭇거릴 시간이 없었다. 얼른 다른 손에 든 버섯을 먹으려고 했지만, 턱이 발에 딱 붙어 있어서 입을 벌리기가 어려웠다. 앨리스는 간신히 입을 벌려 왼손에 든 버섯을 삼켰다.

"휴, 드디어 머리를 움직일 수 있겠군!"

앨리스가 기뻐하며 소리쳤다. 하지만 기쁨도 잠시 앨리스는 또다시 화들짝 놀랐다. 어깨가 어디로 갔는지 보이지 않았다. 밑을 내려다봤지만 보이는 거라곤 엄청나게 길어진 목뿐이었다. 앨리스의 목은 마치 온통 푸르른 나뭇잎 사이로 우뚝 솟아오른 나무줄기 같았다.

"저 초록초록한 것들은 다 뭐지? 내 어깨는 도대체 어디로 간 거야? 불쌍한 내 손들은? 왜 보이지 않는 거야?"

앨리스는 손을 움직여보았다. 하지만 저 멀리 푸르른 나뭇잎들만 살랑거릴 뿐 손은 보이지 않았다. 손을 머리 위로 들어 올릴 수 없자, 앨리스는 머리를 숙여보기로 했다. 다행히 목은 뱀처럼 어느 방향이든 이리저리 움직일 수 있었다. 앨리스는 목을 지그재그로 우아하게 구부려 나뭇잎 사이로 집어넣었다. 목 밑으로 보이던 초록초록한 것들은 방금까지 자신이 돌아다니던 숲속 나무들의 윗부분이란 걸 깨달았다.

바로 그때 '쉿' 하는 날카로운 소리가 들렸다. 앨리스는 재빨리 고개를 들었다. 그러자 커다란 비둘기 한 마리가 앨리스를 향해 날아와서는 두 날개로 앨리스의 얼굴을 힘껏 후려쳤다.

"뱀이다!"

비둘기가 괴성을 질렀다.

"난 뱀이 아니야. 저리 가지 못해!"

앨리스가 씩씩거리며 소리쳤다.

"뱀이야, 확실해!"

비둘기가 한층 누그러진 목소리로 말했다. 그러더니 울먹이며 덧붙였다.

"별짓을 다 해봤지만, 그놈들에겐 아무 소용 없어!"

"난 네가 무슨 말을 하는지 모르겠어."

앨리스가 말했다.

"나무뿌리에도 해봤고, 강둑에도 해봤고, 울타리에도 해봤어."

비둘기는 아랑곳하지 않고 계속 떠들어댔다.

"하지만 그놈의 뱀들! 어떻게 해도 뱀을 피할 수가 없어!"

앨리스는 비둘기가 무슨 말을 하는지 몰라 어리둥절했지만, 비둘기가 말을 끝낼 때까지 잠자코 기다리기로 했다.

"알을 품는 것만 해도 너무너무 힘든데. 밤낮으로 뱀이 오나 안 오나 망까지 봐야 한다니! 정말이지 난 3주 동안 한숨도 못 잤어!"

"정말 힘들었겠다!"

앨리스는 그제야 비둘기가 무슨 말을 하는지 알 것 같았다.

"그래서 숲에서 가장 높은 나무를 골랐어."

비둘기가 악을 쓰며 언성을 높였다.

"드디어 뱀들에게서 벗어났다고 생각했단 말이야. 뱀이 하늘에서 꿈틀대며 내려오지 않는 한 여기까지 올라오진 못할 거라고 생각했는데! 세상에, 뱀이라니!"

"하지만 난 뱀이 아닌걸. 정말이야! 나는 말이지…… 나는……."

"그럼 넌 뭔데?"

비둘기가 물었다.

"지어내려고 하지 마. 머리 굴리는 거 다 보여!"

"나는…… 나는 그냥 여자아이야!"

그날 하루 동안 커졌다 작아졌다를 여러 번 한 탓에 앨리스는 선뜻 자신 있게 대답하지 못했다.

"그걸 변명이라고 하는 거야!"

비둘기가 경멸에 가득 찬 목소리로 말했다.

"그동안 수없이 많은 여자아이를 봤지만, 너처럼 목이 긴 아이는 한 명도 못 봤어! 단 한 번도! 넌 뱀이야. 네가 아무리 아니라고 우겨대도 소용없어. 이젠 새알을 먹어본 적 없다고 말하겠지!"

"알이야 먹어봤지. 너도 알다시피 여자아이들도 뱀만큼이나 알을 먹어."

제5장

앨리스가 솔직하게 말했다.

"그 말을 나보고 믿으라는 거야?"

비둘기가 말했다.

"네 말대로라면 여자애들도 뱀이나 다름없어. 무슨 설명이 더 필요해?"

생각지도 못한 말에 앨리스는 잠시 할 말을 잃었다. 비둘기가 그 틈을 타 덧붙였다.

"너는 새알을 찾고 있었어. 누굴 속이려고? 그러니까 네가 여자아이든 뱀이든 그건 중요하지 않아."

"나에겐 정말 중요한 문제야."

앨리스가 다급히 말했다.

"나는 새알을 찾고 있지 않았어. 설령 그랬다 하더라도 나는 네 알은 먹지 않았을 거야. 난 익히지 않은 알은 먹지 않는다고."

"흥, 그럼 이제 꺼지시지!"

비둘기가 톡 쏘아붙이고 둥지로 날아가 자리를 잡고 앉았다. 앨리스는 나무들 사이로 조심스럽게 몸을 웅크렸다. 하지만 목이 계속 나뭇가지에 걸리는 바람에 중간중간 멈춰서 목에 걸린 나뭇가지를 치워야 했다. 그때 문득 손에 든 버섯 조각이 떠올랐다. 앨리스는 양손에 든 버섯을 번갈아가며 조금씩 조심스럽게 베어 물었다. 그러자 키가 커졌다 작아졌다를 반복하더니 마침내 원래 키로 돌아가는 데 성공했다.

한참 만에 원래 키로 돌아간 터라 처음에는 무척 낯설었지만 금세 익숙해졌다. 앨리스는 늘 하던 대로 혼잣말을 시작했다.

"자, 이제 계획의 절반은 성공했어! 몸이 자꾸 변하니까 너무 혼란스러워! 자꾸만 커졌다 작아지기를 반복하니 내가 어떻게 될지 알 수가 있어야지! 하지만 이제 원래대로 돌아왔으니, 그다음은 눈부신 정원에 들어가야 하는데…… 어떻게 가야 하지?"

그렇게 말하는 순간 앨리스 앞에 난데없이 탁 트인 평지가 나타났다. 그곳엔 높이가 1미터 정도 되는 작은 집이 있었다. '저 집에 누가 사는진 몰라도 이 크기로 마주칠 순 없어. 나를 보면 틀림없이 놀라 까무러칠 거야.' 앨리스는 오른손에 든 버섯을 조금 베어 먹었다. 그러자 키가 20센티미터 조금 넘게 줄어들었다. 그제야 앨리스는 그 집을 향해 발걸음을 옮겼다.

제6장

돼지와 후추

앨리스는 잠시 그 집을 바라보고 서서 어떻게 해야 할지 망설였다. 바로 그때 난데없이 하인 하나가 숲속에서 달려 나오더니 (하인 복장을 하고 있어서 하인이라고 짐작했지, 그렇지 않고 얼굴만 보았더라면 물고기라고 생각했을 것이다.) 주먹으로 문을 쾅쾅 두드렸다. 그러자 개구리처럼 얼굴이 둥그렇고 눈이 큰 또 다른 하인이 문을 열었다. 둘 다 가루를 뿌려 하얗게 만든 곱슬머리 가발[14]을 쓰고 있었다. 앨리스는 이게

---

14 17세기와 18세기 유럽에서 귀족과 상류층 사이에서 유행하던 머리 모

무슨 상황인지 몹시 궁금했다. 그래서 둘의 대화를 엿듣기 위해 숲 밖으로 슬금슬금 기어나갔다.

물고기 하인이 겨드랑이 밑에서 자신의 몸집만한 편지를 꺼내 개구리 하인에게 건네며 근엄한 목소리로 말했다.

"여왕 폐하께서 공작부인에게 보내신 크로케 경기 초대장이오."

그러자 개구리 하인이 물고기 하인이 한 말을 단어의 순서만 살짝 바꿔 똑같이 근엄한 목소리로 말했다.

"공작부인에게 여왕 폐하께서 보내신 크로케 경기 초대장이군요."

그러곤 둘은 머리를 숙여 인사를 나눴다. 그 바람에 곱슬머리 가발이 한데 뒤엉키고 말았다. 그 광경을 본 앨리스는 그만 웃음이 터지고 말았다. 앨리스는 그들이 자신의 웃음소리를 들었을까 봐 덜컥 겁이 나 숲속으로 뛰어들어가 몸을 숨겼다. 잠시 후 고개를 빼죽 내밀어 보니 물고기 하인은 온데간데없고 개구리 하인만 문간 옆 땅바닥에 주저앉아 멍하니 하늘을 올려다보고 있었다. 앨리스는 조심스레 다가가 문을 두드렸다.

"두드려봤자 소용없어."

개구리 하인이 말했다.

"이유는 두 가지야. 첫째는 내가 너와 같이 밖에 있다는

양으로. 가발이나 자연 머리에 흰색 또는 회색 가루를 뿌렸다.

것이고, 둘째는 안이 너무 시끄러워서 아무도 문 두드리는 소리를 들을 수 없다는 거지."

정말로 안에서는 괴상한 소리가 났다. 울부짖는 소리와 재채기 소리가 끊임없이 이어졌고, 이따금 접시나 주전자가 와장창 깨지는 소리도 들렸다.

"그럼, 안으로 들어가려면 어떻게 해야 해요?"

"너와 나 사이에 문이 있다면 문을 두드리면 되겠지."

개구리 하인은 앨리스를 쳐다보지도 않은 채 말을 이어갔다.

"이를테면, 네가 안에 있고, 그래서 안에서 문을 두드리면 네가 밖으로 나올 수 있도록 내가 문을 열어줄 수 있을 거야."

개구리 하인은 말하는 내내 하늘만 쳐다보았다. 앨리스는 그런 태도가 정말이지 무례하다고 생각했다.

"일부러 그러는 건 아닐 거야. 눈이 거의 머리 꼭대기에 달라붙어 있는 걸. 그래도 대답은 해줄 수 있잖아."

앨리스는 혼잣말로 중얼거리곤 이내 큰 소리로 다시 물었다.

"안으로 들어가려면 어떻게 해야 하죠?"

"나는 여기 앉아 있을래."

개구리 하인이 대답했다.

"내일까지······."

그 순간 문이 벌컥 열리더니 커다란 접시 하나가 곧장 하인의 머리로 날아왔다. 접시는 하인의 코를 스쳐지나 뒤편 나무에 부딪쳐 산산조각이 났다.

"……아니면 모레까지."

하인은 아무 일도 없었다는 듯 좀 전과 똑같은 말투로 말했다.

"어떻게 하면 안으로 들어갈 수 있냐고요?"

앨리스가 한껏 목소리를 높여 다시 한 번 물었다.

"정말 들어가려고?"

하인이 물었다.

"그럼 들어가도 되는지 그것부터 물어봐야지."

맞는 말이었다. 하지만 지금은 맞는 말을 들어도 썩 기분이 좋지 않았다.

"정말 짜증 나!"

앨리스가 중얼거렸다.

"여기 사는 동물들은 왜 하나같이 말투가 시비조람! 사람을 화나게 만들잖아!"

하인은 이때다 싶었는지 좀 전에 했던 말을 살짝만 바꿔 되풀이했다.

"난 여기 앉아 있을 거야. 며칠 동안, 쭉."

"그럼 전 어떻게 해야 하죠?"

앨리스가 물었다.

"네가 하고 싶은 대로."

그러더니 하인은 휘파람을 불기 시작했다.

"하! 더 이상 말해봤자 입만 아프겠어."

앨리스는 이제 될 대로 되라는 식으로 말했다.

"바보 멍청이 같으니라고!"

그러곤 문을 열고 안으로 들어갔다. 문 바로 오른편에는 온통 연기로 자욱한 큼지막한 주방이 있었다. 공작부인은 주방 한가운데 다리가 세 개 달린 의자에 앉아 아기를 달래고 있었고, 요리사는 화덕 위로 몸을 숙인 채 수프가 가득 들어 있는 것처럼 보이는 커다란 솥을 휘휘 젓고 있었다.

"수프에 후추를 너무 많이 넣은 게 분명해!"

앨리스가 재채기를 해대며 중얼거렸다. 공기 중에 후추가 떠다니는 게 확실했다. 심지어 공작부인조차 이따금 재채기를 했고, 아기는 연신 재채기를 하며 울어댔다. 재채기를 하지 않는 건 요리사와 화덕 앞에 앉아 입이 귀에 걸리도록 웃고 있는 덩치 큰 고양이뿐이었다.

"실례합니다."

앨리스는 궁금한 걸 먼저 물으면 예의에 어긋나보일까 봐 아주 조심스럽게 먼저 말을 건넸다.

"저 고양이는 왜 저렇게 웃고 있나요?"

그러자 공작부인이 대답했다.

"체셔 고양이[15]니까 그렇지. 이 돼지야!"

---

15   영국의 오래된 속담 '체셔 지방의 고양이처럼 웃는다Grin like a Cheshire

공작부인이 마지막에 냅다 소리를 지르는 바람에 앨리스는 화들짝 놀랐다. 그런데 알고 보니 공작부인의 말은 자신이 아닌, 아기에게 한 말이었다. 앨리스는 용기를 내어 다시 말을 건넸다.

"체셔 고양이가 늘 저렇게 활짝 웃는 줄 몰랐어요. 사실 고양이가 웃을 수 있다는 것도 몰랐지만요."

"고양이는 모두 웃을 수 있어. 대부분 잘 웃지."

공작부인이 말했다.

"전 몰랐어요."

앨리스는 드디어 대화를 시작하게 되어 무척이나 기뻤다. 그래서 아주 공손하게 대답했다.

"넌 아는 게 별로 없구나. 그건 다 아는 사실이야."

공작부인이 말했다. 앨리스는 공작부인의 말투가 마음에 들지 않아 화제를 바꿔야겠다고 생각했다. 무슨 말을 할까 고민하던 참에 요리사가 화덕에서 수프가 담긴 솥을 내리더니 다짜고짜 손에 잡히는 대로 공작부인과 아기에게 물건을 던지기 시작했다. 가장 먼저 불을 지필 때 쓰는 부지깽이나 부삽 같은 물건들이 날아갔고, 뒤이어 냄비, 그릇, 접시들이 빗발치듯 날아갔다.

공작부인은 날아오는 물건에 얻어맞고도 개의치 않았다.

Cat'에서 루이스 캐럴이 만들어낸 가상 캐릭터이다.

제6장

아기가 울어댔지만 아까부터 악을 쓰며 울고 있던 터라 맞아서 우는 건지 그냥 우는 건지 알 수가 없었다.

"세상에, 뭐 하는 짓이에요!"

앨리스가 잔뜩 겁에 질려 이리저리 뛰어다니며 소리쳤다. 그때 이상하리만치 큰 냄비가 아기 코를 아슬아슬하게 빗겨 날아갔다.

"그러다가 소중한 아기 코에 맞겠어요!"

"각자 제 일이나 신경 쓰라지."

공작부인이 갈라지는 목소리로 으르렁거리듯 말했다.

"그러면 세상이 지금보다 훨씬 더 빨리 돌아갈 거야."

"그게 꼭 좋은 건 아니에요."

앨리스는 이참에 자신의 지식을 조금이나마 뽐낼 수 있겠다 싶어 의기양양하게 말했다.

"낮과 밤이 어떻게 만들어지는지 생각해보세요. 아시다시피 지구는 '축'을 중심으로 한 바퀴 도는 데 24시간이 걸리잖아요······."

"'도끼'[16]라고 했니? 저 아이의 목을 '도끼'로 쳐라!"

공작부인이 말했다. 앨리스는 불안해하며 요리사가 공작부인의 말을 알아들었는지 보려고 요리사를 쳐다보았다. 다행

---

[16] '축Axis'과 '도끼의 복수형Axes'이 발음이 같아 공작부인이 '축'을 '도끼'로 알아들었다.

히 요리사는 수프를 젓는 데 정신이 팔려 두 사람의 대화를 듣지 못한 것 같았다. 앨리스는 용기를 내 하던 말을 이어갔다.

"24시간일 거예요. 아닌가? 12시간이었나? 아무튼 저는……."

"아, 성가셔. 숫자는 딱 질색이야!"

공작부인은 자장가 비슷한 노래를 부르며 한 소절이 끝날 때마다 아기를 거칠게 흔들며 어르기 시작했다.

아기에게는 무섭게 말해야 한다네.
재채기를 하거든 흠씬 때려줘야 하지.
아기는 화를 돋우려고 일부러 그러는 거니까.
어른들 약 올리려고 그러는 거니까.

후렴
(후렴 부분은 요리사와 아기도 함께 불렀다.)
와우! 와우! 와우!

공작부인은 2절을 부르면서 아기를 거칠게 위로 획 던졌다가 받기를 반복했다. 가엾은 아기가 악을 쓰며 울어대는 통에 노래 가사가 잘 들리지 않았.

난 우리 아들에게 무섭게 말한다네.

재채기를 하거든 흠씬 때려주지.
왜냐하면 이 녀석은 제 기분이 좋을 땐
후추 냄새를 맡아도 재채기를 안 하니까!

후렴
와우! 와우! 와우!

"얘야! 괜찮으면 잠깐 아기 좀 보고 있거라!"
공작부인이 앨리스에게 아기를 휙 던지며 말했다.
"난 나갈 채비를 해야 해. 여왕님과 크로케 경기를 해야 하거든."

공작부인은 그렇게 말하곤 횡하니 나가버렸다. 요리사가 공작부인을 향해 프라이팬을 냅다 던졌지만 빗나갔다.

앨리스는 아기를 안는 데 애를 먹었다. 아기는 정말 희한하게 생긴 작은 생명체였다. 게다가 팔다리를 사방으로 뻗고 있어서 마치 불가사리 같다는 생각이 들었다. 가엾은 작은 생명체가 마치 증기기관차처럼 콧김을 내뿜으며 몸을 계속 오므렸다 폈다 하는 통에 처음 몇 분 동안은 간신히 붙들고만 있어야 했다.

'내가 이 아기를 데려가지 않으면 저들이 하루이틀 내로 아기를 죽일 게 분명해.' 아기 안는 방법을 터득하자 (매듭을 묶듯 아기의 몸을 비튼 다음 풀어지지 않도록 아기의 오른쪽 귀와 왼쪽 발을 꽉

움켜쥐었다.) 앨리스는 아기를 안고 밖으로 나오며 생각했다. 그러다가 마지막 말이 입 밖으로 튀어나왔다.

"아기를 두고 가는 건 살인이나 다름없어. 안 그래?"

아기가 대답이라도 하려는 듯 꿀꿀거렸다. (이제 아기는 더 이상 재채기를 하지 않았다.)

"꿀꿀거리지 마. 아기는 그런 소리를 내지 않아!"

앨리스가 말했다. 그런데 아기가 또다시 꿀꿀거렸다. 앨리스는 무슨 일인가 싶어 걱정스러운 마음에 아기의 얼굴을 들여다보았다. 한눈에 봐도 아기의 코는 들창코였는데 사람 코라기보다 돼지코에 가까웠고, 눈도 아기치곤 너무 작았다. 앨리스는 그 모습이 영 마음에 들지 않았다. '울어서 그런 걸 거야.' 앨리스는 눈물이 맺혀 있는지 확인하려고 아기의 눈을 다시 한 번 들여다보았다. 하지만 눈물 따윈 없었다.

"아가야, 네가 돼지로 변하면 더 이상 내가 해줄 수 있는 게 없어. 명심해!"

앨리스가 심각하게 말했다. 그러자 가엾은 작은 생명체가 다시 흐느껴 울기 (아니, 꿀꿀거렸다. 사실 우는 건지 꿀꿀대는 건지 구분하기가 어려웠다.) 시작했다. 둘은 한참을 아무 말 없이 걸었다.

앨리스는 생각에 잠겼다. '흠, 이 아기를 집에 데려간다면 그다음엔 어떻게 해야 할까?' 그때 아기가 또다시 사납게 꿀꿀거렸다. 앨리스가 놀라 아기의 얼굴을 내려다보았다. 이번엔 영락없는 돼지였다. 돼지를 계속 안고 간다면 누가 봐도 우스꽝스러울 것 같았다. 앨리스는 작은 생명체를 바닥에 내려놓았다. 그러자 아기 돼지가 종종걸음을 치며 숲속으로 사라졌다. 그제야 앨리스의 마음이 한결 가벼워졌다.

"저 아기가 자라면 얼마나 못생긴 아이가 되겠어. 차라리 잘생긴 돼지로 사는 게 낫지, 안 그래?"

앨리스는 혼잣말로 중얼거렸다. 그러곤 자기가 아는 아이 중에 돼지로 변하면 잘 어울릴 것 같은 아이들을 떠올리며 또다시 중얼거렸다.

"누군가 그 애들을 돼지로 바꿔 놓을 방법을 알기만 한다면……."

바로 그때 앨리스는 나뭇가지에 앉아 있는 체셔 고양이를 보고 화들짝 놀랐다. 고양이는 앨리스를 보고도 그저 씩 웃기만 할 뿐이었다. 앨리스는 고양이가 착해 보인다고 생각했다. 그래도 발톱이 아주 길고 이빨도 많아서 함부로 굴면 안 될 것 같았다.

"체셔 고양이님."

앨리스는 그렇게 불러도 괜찮을지 몰라 다소 조심스럽게 말을 꺼냈다. 하지만 고양이는 좀 더 환하게 씩 웃을 뿐이었다. '그래, 아직까진 기분이 괜찮은 것 같아.' 앨리스는 그렇게 생각하고 말을 이었다.

"실례지만, 제가 여기서 어느 쪽으로 가야 할까요?"

"그거야 네가 어디로 가고 싶은지에 달렸지."

고양이가 말했다.

"어디든 크게 상관없어요……."

앨리스가 말했다.

"그럼 어느 길로 가든 상관없겠네."

"어딘가에 도착하기만 한다면야."

앨리스가 덧붙여 말했다.

"흠, 계속 걷다보면 틀림없이 어딘가에 도착하겠지."

고양이가 말했다.

틀린 말은 아니었다. 앨리스는 다른 질문을 던졌다.

"이곳엔 어떤 사람들이 사나요?"

"저쪽으로 가면 모자 장수가 살고."

고양이가 오른발을 흔들며 말했다.

"저쪽으로 가면 3월 토끼가 살아."

이번엔 왼발을 흔들며 말했다.

"가고 싶은 데로 가. 어차피 둘 다 미쳤으니까[17]."

"하지만 전 미친 사람들이 있는 곳엔 가고 싶지 않아요."

앨리스가 말했다.

"아, 그건 어쩔 수 없어. 여기 있는 우리는 모두 미쳤으니

---

[17] 19세기 영국에서는 모자를 만드는 데 사용된 수은 때문에 모자 장수들이 이상 행동을 보인다는 소문이 퍼졌고, 그로 인해 '모자 장수처럼 미쳤다Mad as a hatter'라는 표현이 생겨났다. 또한 짝짓기 철인 3월이 되면 토끼들이 평소와 다르게 활발해지고 이상하게 행동한다고 해서 '3월 토끼처럼 미쳤다Mad as a March hare'라는 표현이 생겼다.

까. 나도 미쳤고, 너도 미쳤지."

"제가 미친 걸 당신이 어떻게 알죠?"

"넌 틀림없이 미쳤어. 그렇지 않고서야 여기 오지 않았겠지."

앨리스는 그게 미쳤다는 증거가 될 수 없다고 생각했지만 또다시 물었다.

"그럼 당신이 미쳤다는 건 건 어떻게 알죠?"

"일단 개는 미치지 않았어. 그건 인정하지?"

고양이가 물었다.

"아마도요."

"자, 그러면 봐봐. 개는 화가 나면 으르렁거리고 기분이 좋으면 꼬리를 흔들어. 그런데 나는 기분이 좋으면 으르렁거리고 화가 나면 꼬리를 흔들지. 그러니까 내가 미친 거야."

"그건 으르렁거리는 게 아니라 가르랑거리는 거예요."

앨리스가 말했다.

"그렇게 부르고 싶으면 그렇게 부르던가."

고양이가 말했다.

"너도 오늘 여왕님과 크로케 경기를 하니?"

"그러고 싶지만, 전 초대받지 못했어요."

"그럼, 거기서 보자."

고양이는 그 말만 남기고 사라졌다. 앨리스는 별로 놀라지 않았다. 이젠 이런 일들이 제법 익숙해졌다. 고양이가 머물던 자리를 바라보고 있는 앨리스 앞에 사라졌던 고양이가 다시 나타났다.

"그런데 말이야, 아기는 어떻게 됐지? 물어본다는 걸 깜빡했어."

고양이가 물었다.

"돼지로 변했어요."

앨리스는 고양이가 다시 올 줄 알았다는 듯 태연하게 대답했다.

"그럴 줄 알았어."

그러곤 고양이는 다시금 사라졌다. 앨리스는 고양이가 다시 나타나지 않을까 싶어 잠시 기다려보았지만 고양이는 모습을 드러내지 않았다. 앨리스는 3월 토끼가 산다는 곳으로 발걸음을 옮겼다.

"모자 장수는 전에 본 적이 있어. 그러니까 3월 토끼가 훨씬 더 재미있을 거야. 더군다나 지금은 5월이니까 미쳐 날뛰진 않을 거야. 적어도 3월보단 덜하겠지."

앨리스는 그렇게 중얼거리며 위를 올려다보았다. 그곳에는 사라졌던 고양이가 나뭇가지에 앉아 있었다.

"아까 돼지라고 그랬니, 무화과[18]라고 그랬니?"

고양이가 물었다.

---

18 '돼지Pig'와 '무화과Fig'가 발음이 비슷해서 생긴 말장난이다.

"돼지라고 했어요. 그리고 말인데요, 그렇게 불쑥 나타났다 사라졌다 하지 말았으면 좋겠어요. 정신없단 말이에요."

"알겠어."

고양이는 이번엔 꼬리 끝부터 시작해 아주 천천히 사라졌다. 씩 웃는 입이 마지막으로 사라졌는데 고양이가 사라지고 난 뒤에도 그 입 모양은 한동안 사라지지 않고 남아 있었다.

"맙소사! 웃지 않는 고양이는 많이 봤어도 고양이는 사라졌는데 고양이 웃음만 남아 있다니! 살면서 본 것 중에 가장 이상한 일이야."

조금 더 걸어가자 3월 토끼의 집이 보였다. 굴뚝이 토끼 귀 모양이고 지붕이 털로 덮여 있는 걸 봐서 3월 토끼의 집이 틀림없었다. 집이 무척이나 커서 앨리스는 왼손에 든 버섯을 조금 떼어 먹어 키를 60센티미터 정도 키우고 나서야 가까이 다가갈 용기가 생겼다.

"토끼가 미쳐 날뛰면 어떡하지? 차라리 모자 장수한테 갈 걸 그랬나."

앨리스는 혼잣말을 중얼거리며 조심조심 토끼의 집을 향해 걸어갔다.

제7장

대 환장 티 파티

　　　　　　　　3월 토끼의 집 앞 나무 아래에 있는 식탁에는 3월 토끼와 모자 장수가 차를 마시고 있었다. 둘 사이에는 겨울잠쥐가 잠들어 있었는데, 둘은 겨울잠쥐의 몸을 쿠션 삼아 팔꿈치를 올리고 겨울잠쥐의 머리 너머로 대화를 나누고 있었다. '겨울잠쥐가 얼마나 불편할까? 하긴 쿨쿨 자고 있으니 상관없을지 모르지.' 앨리스는 속으로 생각했다. 널찍한 식탁을 두고 셋은 한쪽 구석에 몰려 앉아 있었다. 앨리스가 다가가자 3월 토끼와 모자 장수가 소리쳤.

"자리가 없어! 자리가 없다고!"

"자리 많잖아요!"

앨리스가 화가 나서 쏘아붙였다. 그러곤 식탁 한쪽 끝에 놓인 큼지막한 안락의자에 앉았다.

"와인 좀 마셔!"

3월 토끼가 부추기는 말투로 말했다. 앨리스가 식탁을 둘러봤지만 차 말곤 아무것도 없었다.

"와인이 어디 있어요?"

앨리스가 물었다.

"와인은 없어."

3월 토끼가 말했다.

"그런데 와인을 권하다니 그건 예의가 아니죠."

앨리스가 화를 내며 말했다.

"초대도 받지 않고 덜컥 자리에 앉는 것도 예의는 아니지."

3월 토끼가 앨리스의 말을 받아쳤다.

"이 식탁이 토끼 님 건 줄 몰랐어요! 셋이 앉고도 자리가 많이 남을 정도로 커서요."

앨리스가 말했다.

"넌 머리카락을 좀 잘라야겠구나."

호기심 어린 눈길로 한참 동안 앨리스를 쳐다보던 모자 장수가 처음 내뱉은 말이었다.

"그런 사적인 발언은 함부로 하는 게 아니라는 걸 배워야겠군요. 굉장히 무례하시네요."

앨리스가 매섭게 쏘아붙였다. 그 말에 모자 장수는 눈이 휘둥그레졌다. 그러더니 뜬금없이 물었다.

"까마귀와 책상의 공통점이 뭐게?"

'흠, 이제야 대화가 재미있어지겠군!' 앨리스는 속으로 생각했다.

"수수께끼 시간인가요? 제가 맞힐 수 있을 것 같아요."

앨리스가 말했다.

"답을 알고 있다는 뜻이지?"

3월 토끼가 물었다.

"바로 그거예요."

"그렇다면 네가 생각하는 것을 말해야 해."

3월 토끼가 대꾸했다.

"그러려고 하잖아요. 적어도⋯⋯ 적어도 내가 말하는 게 내가 생각하는 거예요. 그게 그거잖아요."

앨리스가 허둥대며 대답했다.

"아니, 그렇지 않아!"

모자 장수가 말했다.

"네 말대로라면 '내가 먹는 것을 본다'와 '내가 보는 것을 먹는다'가 같다는 말이 돼!"[19]

---

[19] 언어유희를 통해 단어들이 비슷하게 들릴 수 있어도 순서와 맥락에 따라 의미가 완전히 달라질 수 있음을 이야기한다.

"네 말대로라면 '내가 얻는 것을 좋아한다'와 '내가 좋아하는 것을 얻는다'가 같다는 거네!"

3월 토끼가 거들었다.

"네 말대로라면 '나는 잘 때 숨 쉰다'와 '나는 숨 쉴 때 잔다'도 같다는 거네!"

겨울잠쥐도 잠결에 한마디 거들었다.

"너한테는 그게 같구나!"

모자 장수가 말했다. 그러자 대화가 뚝 끊기고 잠시 정적이 흘렀다. 그 사이 앨리스는 까마귀와 책상에 대해 기억나는 대로 전부 떠올리려 했지만, 딱히 생각나는 게 없었다. 모자 장수가 침묵을 깨고 앨리스에게 물었다.

"오늘이 며칠이지?"

모자 장수는 주머니에서 시계를 꺼내 불안한 듯 쳐다보더니, 흔들기도 하고 귀에 가져다 대기도 했다. 앨리스는 잠시 생각한 후 대답했다.

"4일이에요."

"이런, 이틀이나 안 맞잖아!"

모자 장수가 한숨을 내쉬곤 3월 토끼를 쏘아보며 말했다.

"내가 버터로는 안 된다고 했지!"

"최고급 버터였는데."

3월 토끼가 풀이 죽은 채 대답했다.

"알아. 하지만 빵부스러기도 같이 들어간 게 분명해. 그러게 왜 빵칼로 버터를 집어넣고 난리야."

모자 장수가 툴툴댔다. 3월 토끼가 시계를 받아 들고 시무룩한 얼굴로 들여다보았다. 그러곤 찻잔에 시계를 담갔다가 꺼내더니 더 나은 변명거리가 생각나질 않는지 좀 전에 했던 말을 반복했다.

"최고급 버터였는데."

앨리스는 호기심에 3월 토끼의 어깨너머로 시계를 힐끔 쳐다보며 말했다.

"정말 재미있는 시계네요! 날짜만 있고 시간은 알려주지 않는 시계라니!"

"시간이 왜 있어야 하지?"

모자 장수가 투덜거렸다.

"네 시계는 연도를 알려주니?"

"물론 아니죠."

앨리스가 한 치의 망설임도 없이 바로 대답했다.

"연도는 오랫동안 변하지 않으니까요."

"내 시간[20]도 마찬가지야."

---

20   앨리스는 '시간Time'을 시계상에 나타나는 시각으로 이해했고, 모자 장수는 '시간Time'을 무한히 연속되는 흐름으로 이해했기에 시간이 연도처럼 오랫동안 변하지 않는다고 대답한 것이다.

모자 장수가 말했다.

앨리스는 몹시 당황스러웠다. 분명 같은 말로 이야기하고 있는데 도통 무슨 말인지 알 수가 없었다.

"무슨 말인지 모르겠어요."

앨리스가 최대한 정중하게 말했다.

"겨울잠쥐는 그새 또 잠들었군."

모자 장수가 겨울잠쥐의 콧등에 뜨거운 차를 약간 부었다. 그러자 겨울잠쥐가 눈도 뜨지 못한 채 잠을 이겨내려고 고개를 마구 흔들며 말했다.

"그럼, 당연하지. 내가 하려던 말이 바로 그거야."

"수수께끼 답은 알아냈니?"

모자 장수가 다시 앨리스 쪽으로 고개를 돌리며 물었다.

"아니요, 포기할래요. 답이 뭐예요?"

앨리스가 물었다.

"나도 몰라."

모자 장수가 말했다.

"나도."

3월 토끼도 따라 말했다. 앨리스는 어이가 없어 한숨이 나왔다.

"답도 없는 수수께끼를 내고 맞추면서 시간을 허비하는 것보다 좀 더 알차게 시간을 쓰는 건 어때요?"

"네가 나만큼 시간에 대해 알면 그것을 허비한다고 말하진 않을 텐데. 시간은 '사람'이니까."[21]

"무슨 말인지 모르겠어요."

앨리스가 말했다.

"물론 모르겠지! 너는 시간이랑 말해본 적도 없을 테니까!"

모자 장수가 앨리스를 비웃듯 고개를 홱 치켜들며 말했다.

"아마도요."

앨리스가 조심스럽게 대답했다.

"하지만 음악을 배울 때 박자를 맞춰야 한다는 건 알아요."

"아! 이제 알겠군. 시간이 맞았다면[22] 가만히 있을 리가 없지. 이제부터라도 네가 시간과 사이좋게 지내면 시간이 네가 원하는 대로 시계를 돌려줄 거야. 예를 들어 지금이 아침 9시라고 해볼게. 딱 수업이 시작할 시간이지. 네가 시간에게 살짝 귀띔만 해주면 시계가 눈 깜짝할 사이에 휘리릭 돌아가서 1시 30분이 될 거야. 그럼 바로 점심시간이 되는 거지!"

"그러면 정말 좋겠다."

3월 토끼가 혼잣말로 나지막이 속삭였다.

"정말 멋지네요."

---

21 앨리스는 '시간Time'을 말하고, 모자 장수는 '시간Time'을 의인화하여 이야기하고 있다.

22 앨리스가 말한 '박자를 맞추다Beat the time'의 '맞추다Beat'를 모자 장수

앨리스가 생각에 잠긴 듯 말했다.

"하지만 그 시간에…… 배가 고플 리가 없잖아요."

"아마 처음엔 그렇겠지. 하지만 네가 원하는 만큼 시계를 계속 1시 30분에 머물게 할 수 있어."

모자 장수가 말했다.

"그럼 아저씨도 지금 그러고 있는 건가요?"

앨리스가 물었다. 모자 장수가 슬픈 듯 고개를 가로저으며 말했다.

"아니! 우린 지난 3월에 싸웠어……. 저 녀석이 미치기 바로 직전이었지……. (모자 장수가 티스푼으로 3월 토끼를 가리켰다.) 하트 여왕님이 여신 성대한 음악회에서 말이야. 그때 나는 노래를 불러야 했어."

반짝반짝 작은 박쥐!
아름답게 비치네!

"이 노래 알지?"
"들어본 것 같아요."

앨리스가 대답했다.

"그다음은 이렇게 불러."

는 '때리다'로 이해했다.

모자 장수가 이어서 노래를 불렀다.
동쪽 하늘에서도
서쪽 하늘에서도
반짝반짝…….

그때 겨울잠쥐가 몸을 부르르 떨더니 잠결에 노래를 부르기 시작했다.
"반짝반짝, 반짝반짝……."
하지만 그칠 줄 모르고 '반짝반짝'만 끊임없이 불러대는 통에 모자 장수와 3월 토끼가 겨울잠쥐를 살짝 꼬집으면서 그만하라고 눈치를 주었다.
"그런데 내가 1절을 다 부르기도 전에 여왕님이 벌떡 일어나더니 '저자가 시간을 죽이고 있다! 저자의 목을 쳐라!' 하시며 호통을 치셨어."
"정말 잔인하네요!"
앨리스가 소리쳤다.
"그때부터 시간은 내가 부탁하는 건 일절 들어주려고 하지 않아! 그래서 늘 6시에 머물러 있지."
그 순간 한 가지 생각이 앨리스의 머리를 섬광처럼 스쳤다.
"그래서 이렇게 티 파티 용품들이 많은 거였군요."
"그래, 맞아."
모자 장수가 한숨을 내쉬며 말했다.

"6시는 티 타임이라서 설거지할 새도 없이 차를 마셔야 해."

"그래서 계속 자리를 옮겨 앉는 거고요?"

"그렇지. 차를 마셔야 하니까."

모자 장수가 대답했다.

"더 이상 옮겨 갈 자리가 없어서 다시 맨 처음 자리로 돌아가면 어떻게 돼요?"

앨리스가 용기를 내어 물었다.

"우리 다른 얘기 하면 안 될까?"

3월 토끼가 하품을 하며 끼어들었다.

"그 얘긴 이제 지긋지긋해. 꼬마 아가씨 이야기를 들어보는 건 어때?"

"전 아는 얘기가 없어요."

3월 토끼의 제안에 앨리스가 당황하며 말했다.

"그럼 겨울잠쥐에게 하라고 해야겠군!"

모자 장수와 3월 토끼가 함께 소리쳤다.

"겨울잠쥐야! 일어나!"

둘은 양쪽에서 겨울잠쥐를 꼬집었다. 겨울잠쥐가 천천히 눈을 뜨며 말했다.

"나 안 잤어."

겨울잠쥐가 목이 잠겨 잘 들리지도 않는 목소리로 말했다.

"너희들이 하는 소리를 토씨 하나 빼먹지 않고 다 들었다고!"

"이야기 좀 해줘!"

3월 토끼가 말했다.

"그래요. 듣고 싶어요!"

앨리스가 애원하듯 말했다.

"그래, 빨리 해봐! 또 잠들기 전에 얼른."

모자 장수도 거들었다.

"옛날 옛적에 어린 세 자매가 살았어. 이름은 엘시, 레이시, 틸리였지.[23] 세 자매는 우물 바닥에 살았는데……."

겨울잠쥐가 서둘러 이야기를 시작했다.

"뭘 먹고 살았나요?"

앨리스는 평소 먹고 마시는 것에 관심이 많았다.

"당밀[24]을 먹고 살았어."

겨울잠쥐가 잠시 생각하더니 대답했다.

"그럴 리가 없어요. 그랬다면 아팠을 거예요."

앨리스가 조심스럽게 이야기를 꺼냈다.

"그래서 많이 아팠어."

---

23 루이스 캐럴은 옥스퍼드 학장 헨리 리델의 세 딸 이름을 변형하여 이야기 속에 등장시켰다. 엘시L.C는 세 자매 중 첫째 로리나 샬럿Lorina Charlotte의 첫 글자를 따서 만들고 레이시Lacie는 앨리스의 이름을 재배열해서 만들었으며 틸리Tillie는 막내 에디트Edith의 애칭이다.

24 사탕수수에서 설탕을 추출하고 남은 끈적하고 단맛과 쓴맛이 나는 액체이다.

겨울잠쥐가 말했다. 앨리스는 그런 기이한 삶을 살면 어떤 기분일지 잠시 상상해보았지만, 도무지 상상이 가질 않았다. 그래서 또다시 물었다.

"그런데 그 아이들은 왜 우물 바닥에 살았던 거죠?"

"차를 좀 더 마셔."

3월 토끼가 사뭇 진지하게 앨리스에게 차를 권했다.

"아직 한 모금도 안 마셨는데 어떻게 더 마셔요?"

앨리스가 톡 쏘아붙였다.

"그 얘긴 덜 마실 수 없단 말이네."

모자 장수가 말했다.

"안 마셨다면 덜 마시는 것보다 더 마시는 게 훨씬 더 쉽지."

"아저씨한테 안 물어봤거든요."

앨리스가 되받아쳤다.

"지금 안 물어본 걸 말하는 게 누구더라?"

모자 장수가 의기양양하게 말했다. 앨리스는 모자 장수의 말에 대꾸할 말이 떠오르질 않았다. 그래서 약간의 차와 버터 바른 빵을 입에 넣고 겨울잠쥐를 쳐다보며 좀 전에 했던 질문을 다시 물었다.

"그 아이들은 왜 우물 바닥에 살았어요?"

겨울잠쥐는 또다시 생각에 잠기더니 이렇게 대답했다.

"우물이 당밀 우물이었거든."

"그런 게 어딨어요!"

앨리스는 화가 치밀어오르기 시작했다. 하지만 모자 장수와 3월 토끼가 '쉿! 쉿!' 하며 앨리스를 제지했다. 겨울잠쥐가 삐쳤는지 퉁명스럽게 말했다.

"그런 식으로 무례하게 굴 거면 네가 이야기를 해보든가!"

"아니에요. 계속해주세요. 다시는 끼어들지 않을게요. 당밀 우물이 있을 수도 있죠."

앨리스가 공손하게 말했다.

"진짜 있다고!"

겨울잠쥐가 화가 나서 소리쳤다. 그러곤 이야기를 계속 이어갔다.

"세 자매는 긷는 법도 배우고······."

"뭘 그렸는데요?"[25]

앨리스가 좀 전에 한 약속을 까맣게 잊고 또다시 끼어들며 물었다.

"당밀이지."

겨울잠쥐가 이번에는 주저하지 않고 대답했다.

"깨끗한 찻잔이 필요해. 다들 한 칸씩 움직이자."

---

[25] 'Draw'에는 '그림을 그리다'와 '(물을) 긷는다'의 뜻이 있는데, 겨울잠쥐는 '(물을) 긷는다'의 의미로 말했고 앨리스는 그 말을 '그림을 그리다'로 이해했다.

모자 장수가 끼어들었다. 모자 장수의 말이 끝나기가 무섭게 다들 자리를 한 칸씩 옮겨 앉았다. 겨울잠쥐가 모자 장수의 자리에 앉았고, 3월 토끼가 겨울잠쥐 자리에 앉았다. 앨리스는 마지못해 3월 토끼의 자리에 앉았다. 조금 전 3월 토끼가 접시에 우유를 엎질러 놓았기 때문에 옮긴 자리가 마음에 들지 않았다. 자리 이동으로 이득을 본 건 모자 장수뿐이었다.

앨리스는 또다시 겨울잠쥐의 기분을 상하게 하고 싶지 않았기에 아주 조심스럽게 물었다.

"저기, 이해가 안 돼서 그러는데요. 당밀을 어디에 그려요?"

"물은 우물에서 긷지. 그러니까 당밀은 당연히 당밀 우물에서 긷고. 이런, 멍청하기는!"

모자 장수가 끼어들었다.

앨리스는 모자 장수의 마지막 말을 무시하고 겨울잠쥐에게 물었다.

"하지만 세 자매는 당밀 우물 안에 살고 있잖아요."

"물론 우물 안에 살았지······."

겨울잠쥐가 말했다. 앨리스는 뭐가 뭔지 더 이해하기 힘들었다. 결국 더 이상 끼어들지 않고 겨울잠쥐의 이야기를 잠자코 듣기로 했다. 겨울잠쥐가 이야기를 이어갔다.

"세 자매는 긷는 법을 배워서 온갖 것들을 다 길어 올렸어. 'M'으로 시작하는 건 뭐든지······."

겨울잠쥐는 잠이 쏟아지는지 연신 눈을 비비고 하품을 해 댔다.

"하필이면 왜 'M'이에요?"

앨리스가 물었다.

"그게 뭐 어때서?"

3월 토끼가 말했다. 앨리스는 더 이상 대꾸하지 않았다. 그사이 겨울잠쥐는 눈을 감은 채 꾸벅꾸벅 졸았다. 하지만 모자 장수가 겨울잠쥐를 힘껏 꼬집자 겨울잠쥐는 짧은 비명을 지르며 일어나 이야기를 이어갔다.

"'M'자로 시작하는 것들, 쥐덫Mouse-traps, 달Moon, 기억Memory, 많음Much of a muchness⋯⋯. 왜 '많은 것들의 많음'[26]이라고 하잖아. 그런데 '많음'을 길어 올리는 걸 본 적 있니?"

"아, 지금 저한테 물어보는 거예요? 본 적 없는 것 같은데⋯⋯."

앨리스는 뭐가 뭔지 몹시 혼란스러웠다.

"그럼, 말하지 마."

모자 장수가 끼어들었다. 앨리스는 무례한 태도를 더 이상 참을 수가 없었다. 그래서 자리를 박차고 일어나 가버렸다. 자신의 이름을 부르며 사과하지 않을까 내심 기대하며 한두

---

26 '많은 것들의 많음Much of a muchness'은 두 가지가 매우 비슷하거나 거의 차이가 없다는 의미다.

번 뒤를 돌아보았지만, 겨울잠쥐는 곧바로 잠이 들었고 모자 장수와 3월 토끼는 앨리스가 가든 말든 관심조차 없어 보였다. 모자 장수와 3월 토끼는 겨울잠쥐를 찻주전자 안에 쑤셔 넣으려고 애쓰고 있었다. 그것이 앨리스가 본 마지막 광경이었다.

"다시는 저곳에 가나 봐라! 저런 말도 안 되는 대환장 티파티는 난생처음이야!"

앨리스는 숲속을 걸으며 투덜거렸다. 바로 그때였다. 눈앞에 문이 달린 나무 한 그루가 보였다. '정말 이상한 일이네! 하긴 오늘은 모든 게 다 이상해. 그냥 안으로 들어가봐야겠어.' 앨리스는 그렇게 생각하며 안으로 들어갔다. 그러자 앨리스 앞에 또다시 긴 복도가 나타났고, 멀지 않은 곳에 작은 유리 탁자가 놓여 있었다.

"이번에는 잘할 수 있을 거야."

앨리스는 황금 열쇠를 집어 들고 정원으로 나가는 문을 열었다. 앨리스는 버섯을 조금 먹었다. (앨리스는 버섯을 주머니에 잘 넣어뒀었다.) 키가 30센티미터 정도로 줄어들자 좁은 통로를 따라 걸어 내려갔다. 그리고 마침내 화사한 꽃밭과 시원한 분수가 있는 아름다운 정원에 이르렀다.

제8장

여왕님의 크로케 경기장

정원 입구에는 큼지막한 장미 나무 한 그루가 있었다. 나무에는 흰 장미가 피어 있었는데 세 명의 정원사가 분주히 흰 장미를 붉은색으로 칠하고 있었다. 너무도 이상한 광경인지라 앨리스는 좀 더 자세히 살펴보려고 가까이 다가갔다. 그때 그들 중 한 명이 소리쳤다.

"파이브, 조심 좀 해! 물감이 튀잖아!"

"어쩔 수 없었어. 세븐이 내 팔꿈치를 쳤단 말이야."

파이브가 볼멘소리로 대꾸했다. 그러자 세븐이 파이브를 올려다보며 말했다.

"어련하겠어, 파이브! 넌 늘 남 탓이지!"

"넌 입 다무는 게 좋을 거야. 여왕님이 어제 네 목을 베어 버리겠다고 하시던데."

파이브가 말했다.

"왜?"

맨 처음 말을 꺼낸 정원사가 물었다.

"투, 넌 신경 꺼!"

세븐이 말했다.

"쟤도 알아야지! 내가 말해줄게. 세븐이 요리사에게 양파 대신 튤립 뿌리를 가져다줬지 뭐야."

파이브의 말에 세븐이 들고 있던 붓을 패대기치며 말했다.

"아니, 그건 너무 불공평한……."

바로 그때 그들을 지켜보고 있던 앨리스와 세븐의 눈이 마주쳤다. 세븐은 황급히 입을 다물었다. 다른 정원사들도 뒤를 돌아보다 앨리스를 발견하곤 다 같이 인사를 하기 위해 고개를 푹 숙였다.

"저기, 장미에 왜 색을 칠하는 거죠?"

앨리스가 조심스럽게 물었다. 파이브와 세븐은 말없이 투를 쳐다보았다. 그러자 투가 나지막한 목소리로 차근차근 설명했다.

"저기, 아가씨, 실은 말이에요. 보시다시피 여기에 붉은 장미 나무를 심었어야 했는데, 우리가 실수로 흰 장미 나무를 심었지 뭡니까. 여왕님이 아시는 날엔 우리 목이 남아나지 않을 거예요. 그래서 이렇게 열심히……."

바로 그때였다. 정원 쪽을 초조하게 살피던 파이브가 소리쳤다.

"여왕님이야! 여왕님!"

세 정원사는 후다닥 코가 땅에 닿을 듯 바닥에 바짝 엎드렸다. 한 무리의 발소리가 들렸다. 앨리스는 여왕을 보고 싶은 마음에 고개를 돌렸다.

제일 먼저 곤봉을 든 열 명의 병사들이 등장했다. 병사들은 세 명의 정원사와 비슷하게 몸통은 납작한 직사각형이었고, 네 귀퉁이에는 팔과 다리가 달려 있었다. 병사들 뒤로 신하 열 명이 등장했다. 그들은 온몸을 다이아몬드로 치장하고 병사들과 마찬가지로 둘씩 짝을 지어 걸었다. 그 뒤를 이어 왕자와 공주들이 등장했다. 하트로 치장한 열 명의 귀여운 아이들이 둘씩 손을 잡은 채 신이 나서 폴짝폴짝 뛰어나왔다. 그다음은 손님들이 등장했는데 대부분 왕과 왕비들이었다. 그런데 그들 틈에 토끼가 있었다. 토끼는 누가 무슨 말을 하든 미소를 지어 보이면서도 초조하고 불안한 기색으로 떠들고 있었다. 토끼는 앨리스를 알아보지 못했다. 그 뒤로 하트 잭이 진홍색 벨벳 쿠션 위에 왕관을 받쳐 들고 등장했다. 그리고 웅장한 행렬 끝에 하트 왕과 여왕이 등장했다.

앨리스는 자신도 세 명의 정원사처럼 얼굴을 땅에 대고

엎드려야 하나 고민했지만, 행렬이 지나갈 때 땅에 엎드리란 말은 들어본 적이 없었다. '얼굴을 땅에 처박고 엎드려 있으면 행렬을 볼 수 없잖아. 그럼 행렬이 무슨 소용이야?' 결국 앨리스는 그냥 서서 행렬을 맞았다.

행렬이 앨리스 앞에 이르자 다들 일제히 멈춰서서 앨리스를 쳐다보았다.

"이 아이는 누구냐?"

여왕이 하트 잭에게 매서운 목소리로 물었지만, 하트 잭은 그저 고개를 숙이고 미소만 지을 뿐 아무런 대답도 하지 않았다.

"바보 같은 놈!"

여왕이 신경질적으로 고개를 홱 치켜들더니 앨리스를 바라보며 물었다.

"얘야, 이름이 무엇이냐?"

"앨리스입니다, 여왕 폐하."

앨리스가 매우 공손하게 대답했다. 그러곤 속으로 중얼거렸다. '뭐야, 그냥 카드들이잖아. 무서워할 필요가 없겠어.'

"저들은 누구지?"

여왕이 장미 나무 주변에 엎드려 있는 세 명의 정원사를 가리키며 물었다. 모두 얼굴을 땅에 대고 엎드려 있던 탓에 등의 무늬만 봐서는 정원사인지, 병사인지, 신하인지, 아니면 여왕의 아이들인지 구분할 수가 없었다.

"제가 어떻게 알겠어요? 제가 상관할 일도 아닌 것 같은데."

앨리스는 용기 있게 말하는 자신의 모습에 깜짝 놀랐다. 여왕은 분노로 얼굴이 붉으락푸르락 달아올랐다. 그러곤 잠시 앨리스를 맹수처럼 쏘아보더니 소리쳤다.

"저 아이의 목을 쳐라! 쳐······."

"말도 안 돼요!"

앨리스가 아주 큰 소리로 단호하게 소리치자 여왕이 입을 다물었다. 왕이 여왕의 팔에 손을 얹더니 소심하게 말했다.

"다시 한 번 생각해보시오, 왕비. 그저 어린아이잖소!"

여왕은 왕의 손을 매섭게 뿌리치더니 하트 잭에게 명령했다.

"저것들을 뒤집어라!"

하트 잭이 한쪽 발로 정원사들을 매우 조심스럽게 뒤집었다.

"일어나!"

여왕이 고래고래 소리를 지르자 세 정원사는 자리에서 벌떡 일어나 왕과 여왕, 왕자와 공주, 그리고 거기 있는 모두에게 연신 굽신대며 고개를 숙였다.

"그만두지 못해! 정신 사나워 죽겠어."

여왕이 버럭 소리를 질렀다. 그러곤 장미 나무를 가리키며 물었다.

"여기서 뭘 하고 있었느냐?"

"여왕 폐하, 아뢰옵기 황송하오나 저희는 그저……."

투가 한쪽 무릎을 굽히고 매우 공손하게 말했다.

"내가 직접 살펴보지!"

왕비가 잠시 장미를 살펴보더니 소리쳤다.

"저들의 목을 쳐라!"

그러곤 불쌍한 정원사들의 목을 벨 세 명의 병사만을 남긴 채 행렬은 출발했다. 정원사들은 살려달라며 앨리스에게 달려갔다.

"목이 잘려선 안 되죠!"

앨리스는 세 정원사를 근처에 있던 커다란 화분 속에 숨겨주었다. 병사 셋이 정원사들을 잡으러 뛰어다니는가 싶더니 이내 조용히 행렬을 쫓아갔다.

"목은 베었느냐?"

여왕이 소리쳤다.

"여왕 폐하, 아뢰옵기 황송하오나 머리가 댕강 날아갔습니다."

병사들이 큰 소리로 대답했다.

"잘했다!"

여왕이 소리쳤다.

"크로케를 할 줄 아느냐?"

병사들은 말없이 앨리스를 쳐다보았다. 누가 봐도 앨리스에게 한 질문이기 때문이었다.

"네!"

앨리스가 큰 소리로 대답했다.

"그래. 그럼 따라오너라!"

여왕이 소리쳤다. 앨리스는 무슨 일이 일어날지 궁금해하며 행렬을 따라나섰다.

"날…… 날씨가 참 좋네!"

그때 기어들어 가는 소리로 누군가 앨리스에게 말을 걸어왔다. 토끼였다. 토끼는 앨리스와 나란히 걷다가 걱정스러운 표정을 지으며 앨리스를 흘끗 쳐다보았다.

"정말 그러네요. 그런데 공작부인은 어디 있어요?"

"쉿! 조용히 해!"

토끼는 다급하게 목소리를 낮추며 말했다. 그러곤 불안한 얼굴로 주위를 슬쩍 둘러보더니 까치발을 들고선 앨리스의 귀에 대고 속삭였다.

"공작부인은 사형선고를 받았어."

"왜요?"

앨리스가 물었다.

"지금 '가엾어라!'라고 했니?"

토끼가 물었다.

"아니요. 가엾다고 생각하진 않아요. 전 그냥 '왜요?'라고 물었을 뿐이에요."

앨리스가 대답했다.

"공작부인이 여왕님의 따귀를 갈겼거든……."

그 말에 앨리스가 작게 웃음을 터트렸다.

"이런, 쉿! 여왕님이 들으면 어떡하려고 그래? 공작부인이 조금 늦었거든. 그래서 여왕님이……."

토끼가 겁을 잔뜩 먹은 채 작게 속삭였다.

"모두 제 위치로!"

여왕이 천둥 같은 목소리로 호령하자 모두 자기 자리를 찾아 이리 뛰고 저리 뛰었다. 그러다가 서로 부딪혀 넘어지기도 했지만, 금세 자리를 정돈하고 게임을 시작했다.

앨리스는 이렇게 이상한 크로케 경기장은 살면서 처음 본다고 생각했다. 경기장 바닥은 여기저기 불쑥 튀어나오고 움푹 들어간 것이 온통 울퉁불퉁했다. 공은 살아 있는 고슴도치인 데다 공을 치는 나무망치는 살아 있는 홍학이었으며, 병사들은 아치형으로 몸을 구부리고 손과 발로 땅을 짚어 골대를 만들었다.

앨리스는 시작부터 난관에 부딪혔다. 홍학을 다루는 일이 여간 까다로운 게 아니었다. 홍학의 다리를 아래로 쭉 빠지게 하고 몸통을 겨드랑이 사이에 끼워 넣는 것은 제법 수월하게 성공했지만, 홍학의 목을 고르게 편 다음 뒷통수로 고슴도치를 치려고만 하면 홍학이 고개를 돌려 어리둥절한 표정으로 앨리스를 올려다보는 통에 웃음이 터져 나와 참을 수가 없었다. 그래서 홍학의 머리를 아래로 놓고 공을 치려고 하면 이번에는 고슴도치가 동그랗게 말았던 몸을 풀고 쪼르르 기어가는 통에 약이 바짝 올랐다. 그뿐만이 아니었다. 공을 쳐서 보내려는 곳마다 온통 이랑과 고랑 천지인 데다 골대 역할을 하던 병사들은 툭하면 벌떡 일어나 다른 곳으로 훌쩍 가버렸다. 결국 앨리스는 이 경기가 쉽게 흘러가지 않을 거라고 결론 내렸다.

거기다 경기에 참여한 선수들마저 차례를 기다리지 않고 모두 한꺼번에 우르르 몰려들어 자기가 먼저 하겠다며 서로 고슴도치를 차지하려고 싸워댔다. 그럴 때마다 여왕은 불같이 화를 냈다.

"저놈의 목을 쳐라! 저년의 목을 쳐라!"

쉴 틈도 없이 고래고래 소리를 지르며 발을 구르기도 했다.

앨리스는 점점 불안해졌다. 아직까진 여왕의 심기를 건드릴 일이 없었지만, 조만간 일이 터질 것만 같았다. '난 이제 어떻게 될까? 여기 사람들은 목 베는 걸 무척이나 좋아하는 것 같아. 그런데도 아직 살아 있는 사람들이 있다니 정말 신기할 따름이야!' 앨리스는 생각에 잠겼다.

앨리스는 빠져나갈 방법이 없을까 싶어 주위를 둘러보았다. 눈에 띄지 않고 도망칠 방법을 궁리하던 참에 공중에 떠다니는 이상한 형체를 발견했다. 처음엔 정체를 알 수 없어 무척이나 당황했지만 이내 그 형체가 미소 띤 입임을 알 수 있었다.

"체셔 고양이잖아. 드디어 말할 상대가 생겼어."

앨리스가 중얼거렸다.

"잘 있었니?"

체셔 고양이가 입만 드러낸 채 물었다. 앨리스는 고양이의 눈이 나타날 때까지 기다렸다. 하지만 이내 고개를 끄덕이며 생각했다. '말해봤자 소용없어. 귀가 있어야 들을 거 아냐. 적어도 한쪽 귀는 있어야 듣지.' 잠시 후 고양이가 머리를 완전히 드러내자 앨리스는 홍학을 내려놓고 경기에 대해 한바탕 떠들어대기 시작했다. 앨리스는 자신의 이야기를 들어줄 누군가가 생겨서 몹시 기뻤다. 체셔 고양이는 얼굴 정도만 보이면 충분하다고 생각했는지 더는 모습을 드러내지 않았다.

"조금도 공정하지 않은 것 같아요. 어찌나 무지막지하게 싸워대는지 서로 무슨 말을 하는지 알아들을 수도 없다니까요. 경기에 규칙도 없는 것 같아요. 하긴 규칙이 있다고 해도 아무도 신경 안 쓸 것 같긴 하지만 말이에요. 공이며 망치며 다들 움직여서 얼마나 정신없는지 상상도 못할걸요. 예를 들면요, 내가 아치형 골대에 공을 넣으려고 하잖아요. 그럼 골대가 경기장 저쪽 끝으로 걸어가버려요. 조금 전에는 여왕님의 고슴도치를 치려고 했는데, 그 고슴도치가 내 고슴도치가 다가가는 것을 보더니 곧바로 도망쳐버리지 뭐예요!"

앨리스가 투덜거렸다.

"여왕님은 마음에 드니?"

고양이가 목소리를 낮춰 물었다.

"그럴 리가요. 여왕님은 너무……."

그때였다. 여왕이 바로 뒤에서 앨리스가 하는 말을 듣고 있었다. 이를 눈치챈 앨리스가 서둘러 말을 바꿨다.

"여왕님이 이길 것 같아요. 경기를 끝까지 할 필요도 없을 걸요."

그러자 여왕이 미소를 지으며 지나갔다.

"누구와 이야기하느냐?"

왕이 앨리스에게 다가와 호기심 가득한 눈으로 고양이의 얼굴을 쳐다보며 물었다.

"제 친구 체셔 고양이예요. 소개해드릴게요."

앨리스가 말했다.

"생김새가 마음에 들지 않는구나. 그래도 네가 원한다면 내 손등에 입을 맞추도록 해주마."

왕이 고양이에게 말했다.

"그러고 싶지 않습니다."

고양이가 대답했다.

"무례하구나. 그리고 말이다. 그런 표정으로 나를 쳐다보지 말거라!"

왕은 그렇게 말하며 앨리스 뒤로 몸을 숨겼다.

"고양이도 왕을 쳐다볼 수 있어요.[27] 분명 책에서 읽었는데 어떤 책이었는지는 기억이 나지 않네요."

"뭐가 됐든 저걸 없어야겠다."

왕이 매우 단호하게 말하며 그 옆을 지나가던 여왕을 불렀다.

"여보, 당신이 이 고양이를 치워줬으면 좋겠소!"

여왕은 중요한 일이든 사소한 일이든 모든 문제를 단 한 가지 방법으로만 해결했다.

"저놈의 목을 쳐라!"

여왕은 고양이를 쳐다보지도 않고 소리쳤다.

"내가 직접 사형 집행인을 데려와야겠어."

왕은 그렇게 말하곤 신이 나서 사형 집행인을 데리러 서둘러 자리를 떴다. 멀리서 왕비가 고래고래 호통치는 소리가 들려오자 앨리스는 자리로 돌아가 경기가 어떻게 진행되고 있는지 살펴봐야겠다고 생각했다. 자신의 차례를 놓쳤다는 이유로 이미 세 명의 선수가 사형선고를 받았다. 앨리스는 경기 진행 상황이 마음에 들지 않았다. 경기가 뒤죽박죽 엉망진창이라서 도무지 자신의 차례가 언제인지 알 수가 없었다. 결국 앨리스는 자신의 고슴도치를 찾아 나섰다.

---

[27] '모든 사람은 평등한 권리를 지닌다'라는 속담으로 아무리 지위가 높은 왕이라도 고양이와 같은 생명체가 자신을 보는 것조차 막을 수는 없다는 뜻이다.

앨리스의 고슴도치는 다른 고슴도치와 싸우고 있었다. 앨리스는 지금이 바로 공을 칠 절호의 기회라고 생각했다. 하지만 문제가 있었다. 홍학이 정원 반대편으로 가서 나무 위로 날아오르려고 버둥대고 있었다.

앨리스가 홍학을 붙잡아 데리고 돌아왔더니 이번에는 고슴도치들이 어디론가 사라지고 없었다. '됐어. 어차피 이쪽 편에 있던 아치형 골대들도 다 사라지고 없는걸 뭐.' 앨리스는 홍학이 도망치지 못하게 옆구리에 잘 끼우고 체셔 고양이와 수다나 좀 더 떨기 위해 발걸음을 옮겼다.

앨리스가 체셔 고양이가 있던 곳으로 가보니 놀랍게도 그 주변에 사람들이 우르르 몰려 있었다. 사형 집행인과 왕, 왕비는 각자 자기 말만 하며 언쟁을 벌이고 있었고 나머지는 입을 꾹 다문 채 어찌할 바를 몰라 안절부절못하고 있었다.

앨리스가 나타나자 셋은 앨리스에게 달려들어 문제를 해결해달라고 부탁했다. 하지만 셋 다 한꺼번에 자기주장만 반복해서 빽빽 우겨대는 통에 뭐라고 하는지 도통 알아들을 수가 없었다.

사형 집행인은 몸통이 없으면 목을 벨 수 없으며 지금껏 그런 일은 해본 적도 없고, 앞으로도 그런 일을 할 생각이 없다고 말했다. 그러자 왕은 머리가 있으니 목을 벨 수 있다고 말하며 그런 헛소리는 집어치우라고 했다. 여왕은 무엇이 됐든 지금 당장 조치를 취하지 않으면 체셔 고양이 앞에 모인 모든 이들의 목을 전부 베어버리겠다고 윽박질렀다. (바로 여왕의 마지막 발언 때문에 모두가 안절부절못하고 있었던 것이다.)

"저 고양이는 공작부인 소유예요. 그러니 공작부인에게 물어보는 것이 좋겠어요."

앨리스는 달리 할 말이 생각이 나지 않아 공작부인에게 물어보자고 말했다.

"공작부인은 감옥에 있으니 얼른 가서 공작부인을 이리로 데리고 오너라."

여왕이 사형 집행인에게 명령하자 사형 집행인은 쏜살같이 감옥으로 달려갔다. 사형 집행인이 사라지자 고양이 머리도 서서히 사라지기 시작했다. 그러더니 공작부인을 데려왔을 즈음엔 흔적도 없이 사라져버렸다. 왕과 사형 집행인은 고양이 머리를 찾아 미친 듯이 뛰어다녔고, 나머지 사람들은 다시 크로케 경기를 하러 갔다.

제9장

가짜 거북이의 이야기

"귀여운 친구! 다시 만나서 정말 반갑구나." 공작부인이 앨리스의 팔짱을 다정하게 끼며 함께 걸었다. 공작부인의 기분이 좋아 보여서 앨리스도 기뻤다. 주방에서 만났을 때 공작부인이 사납게 굴었던 것은 후추 때문인 모양이었다.

"내가 공작부인이 된다면······."

앨리스는 혼잣말로 중얼거렸다. (그다지 바라는 말투는 아니었다.)

"주방에 후추는 두지 않겠어. 후추를 넣지 않아도 수프는 얼마든지 맛있게 만들 수 있단 말이야. 어쩌면 후추가 사람을 고약하게 만드는지도 몰라."

앨리스는 새로운 사실을 알게 되어 무척 기뻤다.

"식초는 시니까 사람을 심술궂게 만들고[28], 캐모마일은 쓰니까 잔인하게 만드는 게 아닐까?[29] 그리고 설탕이나 단맛이 나는 것들은 달콤하잖아. 그래서 아이들이 상냥한 게[30] 분명해. 사람들이 이 사실을 알면 얼마나 좋을까! 그러면 사탕을 못 먹게 하지 않을 텐데……."

앨리스는 생각에 빠져 공작부인이 곁에 있다는 걸 까맣게 잊어버렸다. 그래서 공작부인의 목소리가 바로 옆에서 들려오자 깜짝 놀랐다.

"얘야, 무슨 생각을 하느라 말하는 것도 잊은 거니? 지금 이 상황에 딱 맞는 교훈이 있을 텐데 생각나면 말해주마."

"여기에 교훈 같은 건 없을걸요."

앨리스가 용기 내어 말했다.

"쯧, 꼬마야! 모든 일에는 교훈이 있어. 네가 찾으려고 한다면 말이지."

공작부인이 앨리스 옆에 바짝 달라붙으며 말했다. 앨리스

---

[28] 'Sour'에는 '맛이 신', '심술궂은' 등의 의미가 있다.
[29] 'Bitter'에는 '맛이 쓴', '잔인한' 등의 의미가 있다.
[30] 'Sweet'에는 '맛이 단', '상냥한' 등의 의미가 있다.

는 공작부인이 옆에 달라붙는 게 탐탁지 않았다. 일단 공작부인은 정말 못생긴 데다가 키도 작아서 뾰족한 턱을 앨리스 어깨에 올려놓았기 때문이었다. 앨리스는 불편했지만 무례하게 굴고 싶지 않아 꾹 참았다.

"경기가 이제 좀 잘 되나 봐요."

앨리스는 공작부인과 대화를 조금 더 이어가려고 크로케 경기 이야기를 꺼냈다.

"그렇지! 여기에 맞는 교훈은 '아, 사랑이여! 세상을 돌아가게 하는 건 사랑이구나!'란다."

"누가 그러는데 남의 일에 참견하지 않아야 세상이 잘 돌아간다던데요."

"그래! 내 말이 그 말이야."

공작부인이 뾰족한 턱으로 앨리스의 어깨를 짓누르며 덧붙였다.

"여기서 얻을 수 있는 교훈은 '의미에 신경 쓰면 소리는 저절로 따라온다'가 될 수 있겠구나."

'공작부인은 모든 일에 교훈 갖다 붙이기를 좋아하나봐!' 앨리스가 속으로 생각했다.

"내가 왜 네 허리에 팔을 두르지 않는지 궁금하지 않니?"

공작부인이 잠시 멈칫하더니 말을 이어갔다.

"내가 팔을 둘렀다간 네 옆구리에 끼고 있는 홍학이 성질을 부릴 것 같아서란다. 어디 한번 해볼까?"

"홍학이 물지도 몰라요."

앨리스는 공작부인이 자신의 허리에 팔을 두르는 게 썩 달갑지 않아 조심스럽게 대답했다.

"그렇지! 홍학과 겨자는 둘 다 톡 쏘잖아.[31] 여기에 맞는 교훈은…… '유유상종'이란다."

"겨자는 새가 아닌걸요."

앨리스가 반박했다.

"역시. 넌 사물을 아주 정확하게 나눌 줄 아는구나!"

"겨자는 광물인 것 같아요."

"물론이지."

공작부인은 앨리스가 무슨 말을 하든 맞장구를 치려고 작정한 모양이었다.

"이 근처에 큰 겨자 광산이 있어. 여기에서 얻을 수 있는 교훈은…… '내 것이[32] 많아지면 네 것은 줄어든다'란다."

"아, 생각났어요! 겨자는 채소예요. 겉으로 보기엔 채소 같지 않지만, 채소가 맞아요."

앨리스가 공작부인의 마지막 말은 듣지도 않고 소리쳤다.

"그럼, 맞고말고. 여기서 얻을 수 있는 교훈은…… '겉으로 보이는 것과 같은 사람이 되어라' 아니, 더 쉬운 말로 하

---

[31] 'Bite'에는 '물다', '맛이 톡 쏘다' 등의 뜻이 있는데 앨리스가 말한 '물다'를 공작부인은 '톡 쏘다'로 이해했다.

[32] 'Mine'에는 '광산', '내 것'의 뜻이 있다.

면…… '네 모습이 다른 사람들에게 보이는 모습과 다른 모습일 거라고 생각하지 마라. 네가 어떤 모습이었든, 어떤 모습이었을 수도 있든, 다른 사람들에게 그 모습 그대로 비쳤을 테니까'란다."

"받아적어야 할 것 같아요. 말로 들어서는 도통 무슨 의미인지 모르겠어요."

앨리스가 아주 공손하게 말했다.

"이건 아무것도 아니야. 마음만 먹으면 더 길게도 할 수 있단다."

공작부인이 흡족한 듯 말했다.

"부탁인데 그보다 더 길게 말씀하지 마세요. 힘들잖아요."

"힘들긴! 지금까지 내가 한 모든 말을 선물로 주마."

'돈 한 푼 안 드는 선물이잖아! 생일 선물이 아닌 게 얼마나 다행이야!' 앨리스는 그 말을 소리 내어 말할 용기는 없었다. 그래서 속으로만 생각했다.

"또 생각 중이니?"

공작부인이 뾰족한 턱으로 앨리스의 어깨를 또다시 찍어 누르며 물었다.

"저도 생각할 권리가 있어요."

앨리스는 살짝 짜증이 나서 공작부인에게 톡 쏘아붙였다.

"'돼지에게도 날 권리는 있다'는 말로 들리는구나. 여기에서 얻을 수 있는 교훈은……."

제9장

그 순간 무슨 일인지 공작부인이 목소리를 낮췄다. 심지어 그리도 좋아하는 '교훈'이라는 말을 하고 있었는데 말이다. 그뿐만이 아니었다. 앨리스와 팔짱을 끼었던 팔까지 부들부들 떨기 시작했다. 앨리스가 고개를 들어보니 여왕이 팔짱을 낀 채 당장이라도 불호령을 내릴 것 같은 잔뜩 찌푸린 얼굴로 그들 앞에 떡하니 서 있었다.

"날씨가 참 좋습니다, 여왕 폐하!"

공작부인이 기어들어 가는 목소리로 말했다.

"경고하건대, 네가 사라지든가, 네 모가지가 사라지든가 둘 중에 선택해! 당장!"

그러자 공작부인은 순식간에 눈앞에서 사라져버렸다.

"경기를 계속해라."

여왕이 앨리스를 보며 말했다. 앨리스는 겁에 질린 나머지 입도 뻥긋 못한 채 여왕을 따라 천천히 크로케 경기장으로 갔다.

여왕이 자리를 비운 틈을 타 그늘에서 쉬고 있던 손님들은 여왕을 보자마자 황급히 경기를 재개했고, 여왕은 조금이라도 꾸물거렸다간 목을 날려버리겠다고 으름장을 놓았다. 여왕은 경기가 진행되는 내내 경기 참여자들과 한시도 쉬지 않고 싸워댔다. 그때마다 "저놈의 목을 쳐라!"라는 화난 목소리가 들렸다. 여왕이 사형선고를 내리면 골대 역할을 하던 병사들이 일어나 그들을 체포했다. 그 바람에 30분도 채 되지 않아 경기장에 골대란 골대는 하나도 남지 않았다. 결국 왕과 여왕, 앨리스만 빼고 모두 체포되어 사형선고를 받았다.

그제야 여왕은 경기를 중단시키고 숨을 헐떡이며 앨리스에게 말했다.

"가짜 거북이를[33] 본 적이 있느냐?"

"아니요. 가짜 거북이가 뭔지도 모르는 걸요."

"가짜 거북이 수프의 재료지."

"그런 건 보지도 듣지도 못했어요."

"그럼, 따라오너라. 가짜 거북이가 사연을 들려줄 것이다."

앨리스는 여왕과 함께 걸어갔다. 그때 왕이 사형선고를 받은 이들에게 목소리를 낮춰 속닥거렸다.

"너희들은 모두 사면되었다."

그 말은 엿들은 앨리스는 '정말 다행이야!'라고 중얼거렸다. 안 그래도 여왕이 너무도 많은 이들에게 사형선고를 내려서 마음이 불편했기 때문이었다. 그들은 곧 햇빛을 받으며 곤히 잠든 그리핀과 마주쳤다.

"일어나거라, 게으른 놈 같으니라고! 이 꼬마 아가씨를 가짜 거북이에게 데려가서 거북이의 사연을 듣게 해주거라.

---

[33] 가짜 거북이는 '가짜 거북이 수프'에서 유래한 말이다. 19세기 영국에서는 '거북이 수프Turtle soup'가 매우 귀한 요리였기 때문에 거북이 대신 송아지 머리 고기처럼 쉽게 구할 수 있는 재료로 거북이 수프 맛을 내는 '가짜 거북이 수프Mock turtle soup'를 만들었다.

나는 사형 집행이 제대로 되고 있는지 확인해야겠구나."

왕비는 그리핀에게 소리치고는 앨리스만 남겨두고 가버렸다. 앨리스는 그리핀의 생김새가 썩 마음에 들지 않았지만 포악하기 짝이 없는 왕비를 쫓아가나 그리핀과 함께 있으나 위험하기는 매한가지인 것 같아 그냥 있기로 했다.

그리핀이 일어나 눈을 비볐다. 그러곤 왕비의 모습이 시야에서 사라지자 낄낄대며 웃었다.

"웃겨 죽겠군!"

그리핀은 혼잣말인 듯 앨리스에게 하는 말인 듯 중얼거렸다.

"뭐가 웃기죠?"

"아니, 저 여왕 말이야. 전부 여왕 혼자 상상하는 거야. 아무도 사형당하지 않거든. 따라와!"

'여기선 왜 다들 '따라와!'라고 하는 거야.' 앨리스는 그리핀을 천천히 따라가며 생각했다. '정말이지 살면서 이런 명령을 받기는 처음이야. 지금껏 한 번도 없었어!'

얼마 안 가 저 멀리 작은 바위 턱에 쓸쓸히 홀로 앉아 있는 가짜 거북이가 보였다. 그리핀과 앨리스가 가까이 다가가자 가짜 거북이는 땅이 꺼질 듯이 깊은 한숨을 내쉬었다. 앨리스는 그런 가짜 거북이가 몹시 안쓰러워 그리핀에게 물었다.

"거북이가 왜 저렇게 슬퍼하는 거예요?"

그러자 그리핀이 좀 전에 했던 말과 거의 비슷한 말을 했다.

"전부 쟤 혼자 상상하는 거야. 사실 쟨 하나도 슬프지 않아. 따라와!"

앨리스와 그리핀이 다가가자 가짜 거북이는 큼지막한 눈에 눈물이 그렁그렁한 채 맺힌 채 말없이 그들을 바라보았다.

"여기 이 꼬마 아가씨가 네 이야기를 꼭 듣고 싶대."

"내 이야기를 들려주지. 둘 다 앉아. 그리고 내 이야기가 끝날 때까지 한마디도 하지 마."

가짜 거북이가 나지막한 목소리로 힘없이 말했다. 앨리스와 그리핀은 자리에 앉았다. 하지만 가짜 거북이는 한동안 입을 열지 않았다. '시작도 안 할 거면서 어떻게 끝낸다는 건지 모르겠네.' 앨리스는 생각은 그렇게 했지만 참을성 있게 기다렸다.

"옛날에 나는 진짜 거북이였어."

드디어 가짜 거북이가 깊은 한숨과 함께 이야기를 시작했다. 하지만 첫 마디를 떼곤 또다시 한참 동안 아무 말도 하지 않았다. 긴 침묵만이 이어졌다. 이따금 그리핀이 '으흠!' 하고 소리를 내거나 거북이가 하염없이 흐느끼는 소리만 들릴 뿐이었다. 앨리스는 자리에서 일어나 '감사합니다, 거북이님. 재미있는 이야기였어요.'라고 말하려다가 분명 뭔가가 더 있을 것 같아 꾹 참고 기다렸다.

"어렸을 때."

마침내 가짜 거북이가 다시 입을 열었다. 가짜 거북이는 중간중간 흐느끼기는 했지만 아까보다 훨씬 차분하게 이야기를 이어갔다.

"우리는 바다에 있는 학교에 다녔어. 선생님은 나이가 많은 거북이었는데 우리를 육지거북이라고 불렀지……."

"육지거북이가 아닌데 왜 육지거북이라고 부른 거예요?"

앨리스가 물었다.

"그거야 우리를 가르쳤으니까 그렇게 불렀지. 넌 정말 멍청하구나!"[34]

가짜 거북이가 버럭 성질을 내며 말했다.

"그렇게 쉬운 질문을 하다니 부끄러운 줄 알아야지."

그리핀도 한마디 거들었다. 둘은 가만히 앉아 가엾은 앨리스를 빤히 쳐다보았다. 앨리스는 땅속으로 꺼져버리고 싶었다. 잠시 후 그리핀이 가짜 거북이에게 말했다.

"계속하게, 친구. 이러다 하루가 다 가겠어."

그러자 가짜 거북이가 이야기를 이어갔다.

"우리는 바다에 있는 학교에 다녔어. 넌 믿지 않겠지만……."

"믿지 않는다고 말한 적 없어요!"

앨리스가 끼어들었다.

"넌 그랬어."

가짜 거북이가 받아쳤다.

---

[34] '육지거북이Tortoise'와 '우리를 가르쳤다Taught us'가 발음이 비슷하다.

"그 입 좀 다물래!"

앨리스가 다시 한마디 하려는데 그리핀이 선수를 치며 말했다. 가짜 거북이가 다시 이야기를 시작했다.

"우리는 최고의 교육을 받았어. 사실 우린 매일 학교에 갔어……."

"나도 매일 학교에 갔어요. 그게 그렇게까지 자랑할 만한 일은 아닐 텐데요."

"방과 후 수업도 했다고?"

가짜 거북이가 살짝 초조해하며 물었다.

"그럼요. 프랑스어와 음악을 배웠어요."

"그럼 세탁은?"[35]

"그런 건 당연히 없죠!"

앨리스가 버럭 화를 내며 말했다.

"아! 그럼 그 학교는 정말 좋은 학교는 아니었네."

가짜 거북이가 안심하는 듯한 목소리로 말했다.

"우리 학교는 말이야, 수업료 고지서 마지막 칸에 '방과 후 수업: 프랑스어, 음악, 세탁'이라고 적혀 있었거든."

"바닷속에 사는데 세탁 수업이 필요했을 리가 없잖아요."

"난 방과 후 수업까지 들을 돈이 없어서 그냥 정규 수업만 받았어."

---

[35] '세탁Washing'은 '세뇌 교육Brainwashing'을 암시하는 말장난으로 보인다.

가짜 거북이가 한숨을 쉬며 말했다.

"정규 수업에서는 뭘 배웠는데요?"

"제일 먼저 비틀거리며 걷기, 몸부림치기[36]를 배우고 그다음으로 야망, 산만, 추화, 조롱[37] 같은 산수를 배웠어."

"'추화'는 처음 들어봐요. 그게 뭐예요?"

앨리스가 용기를 내어 물었다. 그러자 그리핀이 깜짝 놀라며 두 발을 위로 쳐들며 소리쳤다.

"추화를 처음 들어본다고? 설마 미화도 모르는 건 아니지?"

"네. 무언가를…… 아름답게 만든다……는 뜻이잖아요."

앨리스가 자신 없는 목소리로 말했다.

"그래 맞아. 그런데 추화가 뭔지는 모른다니, 넌 아주 멍청하구나?"

그 말을 들으니 앨리스는 더 이상 물어볼 용기가 나질 않았다. 그래서 가짜 거북이를 쳐다보며 물었다.

"그거 말고 또 뭘 배웠죠?"

가짜 거북이가 발을 이용해 과목을 세며 말했다.

---

[36] '비틀거리며 걷기Reeling'와 '몸부림치기Writhing'는 '읽기Reading'와 '쓰기Writing'의 유사한 발음을 이용한 말장난이다.

[37] '야망Ambition', '산만Distraction', '추화Uglification', '조롱Derision'은 각각 '덧셈Addition', '뺄셈Distraction', '곱셈Multiplication', '나눗셈Division'과 발음이 비슷한 단어를 이용한 말장난이다.

"음, 신비 과목을 배웠고. 고대 신비랑 근대 신비, 그리고 바다 지리와 느릿느릿 말하기를 배웠어. 느릿느릿 말하기 선생님은 나이 많은 붕장어였는데 일주일에 한 번씩 학교에 오곤 했어. 그분은 느릿느릿 말하기, 팔다리 뻗기, 몸을 동그랗게 말고 기절한 척하기를 가르치셨어."[38]

"몸을 동그랗게 말고 기절한 척하기는 어떻게 하는 거예요?"

"음, 직접 보여주긴 어려워. 난 몸이 너무 뻣뻣하고 그리핀은 그걸 배운 적이 없거든."

"난 그걸 배울 시간이 없었어. 그 대신 고전학 수업을 들었지. 나이 많은 게가 선생님이었어."

그리핀이 말했다.

"난 그 선생님 수업은 듣지 못했어. 웃기와 슬퍼하기[39]를 가르쳤다고 하던데."

가짜 거북이가 한숨을 내쉬며 말했다.

"맞아. 그랬지."

---

[38] 가짜 거북이는 단어의 유사한 발음을 이용하여 말장난을 하고 있다. '신비Mystery'는 '역사History', '바다 지리Seaography'는 '지리Geography', '느릿느릿 말하기Drawling'는 '그림 그리기Drawing', '팔다리 뻗기Stretching'는 '스케치하기Sketching', '몸을 동그랗게 말고 기절하기Fainting in coils'는 '유화 그리기Painting in oils'의 말장난이다.

[39] '웃기Laughing'와 '슬퍼하기Grief'는 각각 '라틴어Latin', '그리스어Greek'의 유사한 발음을 이용한 말장난이다.

그리핀도 덩달아 한숨을 내쉬었다. 그러곤 둘 다 앞발에 얼굴을 파묻었다.

"하루에 수업은 몇 시간 들었나요?"

앨리스가 얼른 화제를 돌리며 물었다.

"첫째 날은 10시간, 그다음 날은 9시간, 날마다 한 시간씩 줄어드는 식이었어."

"시간표가 정말 이상하네요!"

앨리스가 소리쳤다.

"그러니까 수업이라고 부르는 거지. 날마다 줄어드니까."[40]

그리핀이 되받아쳤다.

앨리스에게는 완전히 새로운 개념이었다. 그래서 잠시 생각하다가 물었다.

"그러면 열한 번째 날은 수업이 없겠네요."

"물론이지."

가짜 거북이가 대답했다.

"그러면 열두 번째 날은 어떻게 했어요?"

앨리스가 궁금해하며 물었다.

"수업 이야기는 그만!"

그리핀이 아주 단호한 목소리로 말을 잘랐다.

"이제 이 아이에게 놀이에 대해 말해줘."

---

[40] '수업Lesson'과 '줄다Lessen'의 같은 발음을 이용한 말장난이다.

제10장

바닷가재 카드리유

가짜 거북이는 한숨을 푹 내쉬더니 한쪽 발을 들어 발등으로 눈가를 닦았다. 그러곤 앨리스를 바라보며 말을 이으려 했지만 서럽게 운 탓에 목이 메는지 말을 잘하지 못했다.

"목에 뼈가 걸린 모양이군."

그리펀이 말했다. 그리펀은 가짜 거북이를 흔들고 등을 탁탁 두드리기 시작했다. 마침내 가짜 거북이가 목소리를 되찾았다. 가짜 거북이는 두 뺨 위로 눈물을 줄줄 흘리며 이야기를 이어갔다.

"넌 바닷속에 살아본 적이 없겠지?"

"네, 없어요."

"그럼 바닷가재를 만나본 적도 없겠구나."

앨리스는 '한 번 먹어본 적은 있어요.'라고 말하려다가 아차 싶어 "네, 없어요."라고 대답했다.

"그렇다면 바닷가재 카드리유[41]가 얼마나 신나는지도 모르겠구나."

"네, 몰라요. 그건 어떻게 추는 춤인가요?"

"음, 우선 해안가를 따라 한 줄로 서야 해……."

앨리스의 질문에 그리핀이 대답했다.

"두 줄이야! 물개, 거북이, 연어 등이 줄을 서. 그런 다음 해파리를 치우고……."

가짜 거북이가 냅다 끼어들었다.

"그게 시간이 좀 걸리지."라며 그리핀이 또다시 끼어들었다.

"두 걸음 앞으로 나가고……."

"각자 바닷가재와 파트너가 되지!"

거북이와 그리핀이 한 마디씩 주고받았다.

"당연하지. 파트너와 함께 두 걸음 앞으로 가고."

---

[41] 18세기 후반과 19세기 초반 유럽에서 유행하던 사교춤의 일종으로 네 쌍의 커플이 사각형을 이루며 추는 춤이다.

가짜 거북이가 말했다.

"파트너를 바꾸고 같은 순서로 뒤로 물러났다가."

그리핀이 설명을 계속 이어갔다.

"그다음엔, 알다시피 던져야지."

가짜 거북이가 말했다.

"바닷가재들을!"

그리핀이 공중으로 펄쩍 뛰어오르며 소리쳤다.

"최대한 바다 멀리."

"바닷가재를 쫓아 헤엄치고!"

그리핀이 큰소리로 외쳤다.

"바다에서 공중제비를 획 돌아!"

가짜 거북이가 미친 듯이 이리저리 뛰어다니며 외쳤다.

"그런 다음 다시 파트너를 바꿔!"

그리핀이 소리쳤다.

"다시 육지로 돌아오면 첫 번째 동작이 끝나."

그런데 갑자기 가짜 거북이의 목소리가 푹 가라앉았다. 줄곧 미친 듯이 뛰어다니던 가짜 거북이와 그리핀은 슬픈 얼굴을 하곤 말없이 앉아 앨리스를 쳐다보았다.

"아주 아주 멋진 춤이네요!"

앨리스가 조심스럽게 말을 건넸다.

"살짝만 보여줄까?"

가짜 거북이가 물었다.

"네. 정말 정말 보고 싶어요."

"자, 그럼 첫 번째 동작을 해보자! 바닷가재 없이도 할 수 있잖아, 안 그래? 그런데 노래는 누가 하지?"

가짜 거북이가 그리핀에게 물었다.

"네가 해. 난 가사를 까먹었거든."

그리핀이 말했다. 둘은 심각한 얼굴로 앨리스 주변을 빙글빙글 돌며 춤을 추기 시작했다. 가끔 앨리스에게 너무 바싹 붙어 돌다가 앨리스의 발을 밟기도 했고, 앞발을 흔들며 박자를 맞추기도 했다. 그 사이 가짜 거북이가 아주 천천히, 구슬프게 노래를 불렀다.

대구가 달팽이에게 말했네.
"조금만 빨리 걸어주겠니?
참돌고래가 바싹 따라와 내 꼬리를 밟고 있거든.
바닷가재와 거북이들이 모두 얼마나 열심히 앞장서 가는지 보렴.
다들 해변에서 기다리고 있어. 어서 와 같이 춤추자!
출래, 말래, 출래, 말래, 같이 춤출래?
출래, 말래, 출래, 말래, 같이 안 출래?

얼마나 신나는지 넌 정말 모를 거야,
그들이 우리를 번쩍 들어 올려 바닷가재와 함께 바다로 내

던질 때 말이야!"

하지만 달팽이가 대답했네. "너무 멀어, 너무 멀어!" 그러곤 눈을 흘겼네.

달팽이는 대구에게 다정하게 고맙다고 했지만 춤은 추지 않겠다고 했네.

안 춰, 못 춰, 안 춰, 못 춰, 춤은 안 출래.

안 춰, 못 춰, 안 춰, 못 춰, 춤은 안 출래.

"멀리 가는 게 어때서?" 비늘이 있는 친구가 대답했네.

반대편에도 해변이 있어.

영국에서 멀어진다는 건 프랑스에는 가까워진다는 거야.

그러니 하얗게 질린 얼굴은 그만하고,

사랑하는 달팽이야, 어서 와 같이 춤추자.

출래, 말래, 출래, 말래, 같이 출래?

출래, 말래, 출래, 말래, 같이 안 출래?"

"고마워요. 정말 재미있는 춤이네요. 대구가 나오는 희한한 노래도 정말 좋았어요."

앨리스는 드디어 춤이 끝나서 내심 다행이라고 생각했다.

"아, 대구 말인데⋯⋯ 대구는 당연히 본 적 있겠지?"

가짜 거북이가 물었다.

"그럼요. 자주 봤어요, 저녁 식⋯⋯."

앨리스는 말을 하다가 황급히 입을 다물었다.

"'저녁 식'이 어디에 있는진 모르겠지만, 자주 봤다니 대구가 어떻게 생겼는지는 잘 알겠군."

"아마도요."

앨리스가 조심스럽게 대답했다.

"꼬리를 입에 물고 온몸에 빵가루를 뒤집어쓰고 있을걸요."

"빵가루는 틀렸어. 그건 바다에 들어가면 다 씻겨 나갈 테니까. 하지만 꼬리를 입에 물고 있는 건 맞아. 왜 그런가 하면……."

말을 하는 도중에 가짜 거북이가 하품을 하더니 눈을 감았다. 그러곤 그리핀에게 말했다.

"그 이유랑 나머지 이야기는 네가 좀 해줘."

"왜 그런가 하면 말이지."

그리핀이 말을 이어받았다.

"그들이 바닷가재와 춤을 추러 갔기 때문이야. 그들도 바다로 던져졌는데 아주 멀리 떨어지면서 꼬리가 입에 들어가 단단히 걸려버렸대. 그래서 다시 빼낼 수 없게 되었다나 봐. 그게 다야."

"고마워요. 정말 재미있는 이야기네요. 대구에 대해 그런 것까진 몰랐어요."

"원한다면 더 이야기해줄까? 대구가 왜 대구인 줄은 알아?"

그리핀이 물었다.

"생각해본 적 없어요. 대구는 왜 대구예요?"

"그걸로 부츠와 구두를 닦기 때문이야."

그리핀이 매우 진지한 표정으로 대답했다. 앨리스는 어처구니가 없었다. 그러곤 믿을 수 없다는 듯 되물었다.

"부츠와 구두를 닦는다고요?"

"그래! 너는 구두를 뭐로 닦아? 내 말은 무엇으로 광을 내냔 말이야."

그리핀이 물었다. 앨리스는 구두를 내려다보며 잠시 고민하다가 대답했다.

"그거야 구두약으로 닦겠죠."

"바닷속에는 말이야. 대구로 부츠와 구두를 하얗게 광을 내.[42] 이제 알겠니?"

그리핀이 목소리를 낮춰 말했다.

"그럼 바닷속에서는 무엇으로 부츠와 구두를 만드나요?"

앨리스가 호기심이 가득한 말투로 물었다.

"그거야 당연히 가자미와 장어로 만들지.[43] 그 정돈 새우도 알겠다."

---

[42] 'Whiting'에는 '대구'와 '표백'이라는 뜻이 있다.

[43] 'Sole'에는 '가자미'와 '신발의 밑창'이라는 뜻이 있으며 'Eel(장어)'은 신발의 굽을 뜻하는 'Heel'과 발음이 유사하다.

그리핀이 짜증을 내며 대답했다.

"만약에 내가 대구라면 참돌고래에게 '제발 뒤로 좀 가줄래. 우린 너랑 같이 가기 싫어'라고 말했을 거예요."

조금 전 들었던 노래가 앨리스의 머릿속에 계속 맴돌았다.

"대구들은 참돌고래와 함께 갈 수밖에 없어. 바보가 아닌 이상 물고기들은 참돌고래 없인 아무 데도 가지 않아."

가짜 거북이가 말했다.

"그게 정말이에요?"

앨리스가 화들짝 놀라며 물었다.

"물론이지. 어떤 물고기가 나한테 와서 여행을 떠난다고 말하면 나는 '어떤 참돌고래와 가는데?'라고 물어봐."

"혹시 '목적'을 말하는 건가요?"[44] 앨리스가 물었다.

"내가 말한 대로야."

가짜 거북이가 기분이 나쁜 듯 성의 없는 말투로 대답했다. 그러자 그리핀이 끼어들었다.

"그럼 이제 네 모험담 좀 들어보자."

"제 모험을 이야기하자면…… 오늘 아침부터였어요."

앨리스가 다소 머뭇거리며 이야기를 시작했다.

"어제 이야긴 필요 없을 것 같네요. 왜냐하면 그땐 제가 다른 사람이었거든요."

---

[44] '참돌고래Porpoise'와 '목적Purpose'은 발음이 유사하다.

"전부 다 말해봐."

가짜 거북이가 말했다.

"아니, 아니! 모험 이야기부터 먼저 해! 전부 다 설명하면 시간이 엄청나게 걸린다고."

그리핀이 조바심을 내며 말했다. 앨리스는 강둑에 앉아 있다가 토끼를 발견했을 때부터 이야기를 시작했다. 처음에는 가짜 거북이와 그리핀이 양옆에 바짝 붙어 앉아 입을 헤벌린 채 눈을 부릅뜨고 집중해서 살짝 떨렸지만, 막상 이야기를 시작하니 조금씩 용기가 생겼다. 가짜 거북이와 그리핀은 조용히 앨리스의 이야기를 들었다. 그러다가 앨리스가 애벌레 앞에서 「윌리엄 신부님, 당신은 늙었어요」를 읊었는데 단어들이 다 틀리게 나오더라고 말하자 가짜 거북이가 한숨을 길게 내쉬며 말했다.

"그것 참 이상하네."

"진짜 이상하네."

그리핀이 거들었다.

"다 틀리게 나왔다니!"

가짜 거북이가 생각에 잠긴 듯 중얼거렸다.

"지금 저 아이가 뭔가를 읊는 걸 들어보고 싶어. 한번 읊어보라고 해."

가짜 거북이는 앨리스에게 명령할 권한이 그리핀에게 있다고 생각했는지 그리핀을 쳐다보며 말했다. 그러자 그리핀이 말했다.

"일어나서 「이것은 게으름뱅이의 목소리」를 읊어봐."

'여기 있는 동물들은 왜 하나같이 사람한테 이래라저래라, 시를 읊으라 마라 하는 거야! 이럴 바엔 지금이라도 당장 학교에 가는 편이 낫겠어.' 앨리스는 속으로 투덜댔지만, 자리에서 일어나 시를 읊기 시작했다. 하지만 머릿속이 온통 바닷가재 카드리유 생각으로 가득해서 자신이 무슨 말을 하고 있는지도 모른 채 이상한 단어들을 내뱉었다.

이것은 바닷가재의 목소리, 나는 바닷가재가 떠드는 소릴
들었다네.
"날 너무 시커멓게 구워놨으니 수염에 설탕을 뿌려야겠어."
오리가 눈꺼풀로 그러하듯 바닷가재는 코로
허리띠와 단추를 매만지고는 발가락을 쭉 펼친다네.
모래가 다 마르면 바닷가재는 종달새처럼 한껏 신이 나서는,
상어를 경멸하는 듯한 말투로 떠들어댄다네.
하지만 물이 차올라 상어가 나타나면
바닷가재의 목소리는 겁을 먹고 떨린다네.

"내가 어릴 때 외우던 것과 다른데."
그리핀이 말했다.
"난 처음 들어봐. 그런데 뭔 소린지 모르겠군."

가짜 거북이가 말했다. 앨리스는 말없이 두 손으로 얼굴을 감싸고 앉아 다시 원래대로 돌아갈 수 있을까 걱정에 잠겼다.

"설명을 해줬으면 좋겠어."

가짜 거북이가 말했다.

"이 애는 설명을 못해. 다음 구절을 읊어봐."

그리핀이 잽싸게 끼어들며 말했다.

"그런데 발가락 말이야. 바닷가재가 코로 발가락을 어떻게 펼칠 수 있지?"

가짜 거북이가 앨리스가 외운 시를 물고 늘어졌다.

"그건 춤출 때 하는 첫 번째 동작이에요."

앨리스는 말은 그렇게 했지만, 모든 게 다 엉망진창인 것 같아서 화제를 바꾸고 싶었다.

"다음 구절을 말해봐. '나는 그의 정원을 지나갔다네'로 시작해."

그리핀이 재촉했다. 또 틀릴 게 뻔했지만 앨리스는 차마 거절할 용기가 나지 않아 떨리는 목소리로 시를 읊어나갔다.

나는 그의 정원을 지나갔다네. 그리고 곁눈질로 보았지.
올빼미와 검은 표범이 파이를 어떻게 나눠 먹는지.
검은 표범이 파이 껍데기와 소스와 고기를 차지했고,
올빼미가 제 몫으로 접시를 차지했네.
파이가 바닥나자 올빼미는 선물로

스푼을 챙겨도 된다는 허락을 흔쾌히 받았고,
검은 표범은 으르렁대며 나이프와 포크를 받았다네.
그렇게 잔치가 끝났지…….

"이걸 전부 읊는 게 의미가 있을까? 설명도 못할 텐데. 지금껏 내가 들어본 것 중에 가장 엉망이라고!"
가짜 거북이가 대뜸 끼어들어 말했다.
"그래, 그만하는 게 좋겠어."
그리핀이 말했다. 앨리스는 이제 그만할 수 있게 되어 기쁘기 그지없었다.
"그럼 우리 바닷가재 카드리유의 다른 동작을 해볼까? 아니면 가짜 거북이한테 다른 노래를 불러달라고 할까?"
"아, 노래가 좋겠어요. 가짜 거북이가 친절을 베풀어 그렇게만 해준다면요. 제발요."
앨리스가 간절하게 말하자 그리핀이 다소 기분이 상한 듯한 말투로 말했다.
"흠! 취향 한번 독특하군! 친구, 이 아이에게 〈거북이 수프〉를 불러주지 그래?"
그러자 가짜 거북이가 한숨을 푹 쉬더니 노래를 시작했다. 노래 중간에는 우느라 목이 메이기도 했다.

진하고 푸른, 맛있는 수프가

뜨거운 그릇에 담겨 있네!
이 진미에 몸을 굽히지 않을 자 누가 있으랴?
저녁 수프, 맛있는 수프!
저녁 수프, 맛있는 수프!
마아앗있는 수우으프!
마아앗있는 수우으프!
저어어녁 수우으프,
맛있고 맛있는 수프!

맛있는 수프!
생선이든, 고기든, 아니 그 무엇이든
누구 하나 거들떠보는 이 없네.
단 두 푼어치 맛있는 수프에
단 두 푼어치 맛있는 수프에
모든 걸 내어놓지 않을 자 누가 있으랴?
마아앗있는 수우으프!
마아앗있는 수우으프!
저어어녁 수우으프,
맛있고 맛있느은 수프!

"후렴구 다시!"
그리펀이 외쳤다. 가짜 거북이가 후렴구를 반복하려는 찰나 저 멀리서 우렁찬 외침이 들려왔다.

"재판을 시작한다!"

그러자 그리핀이 앨리스의 손을 덥석 잡고 소리쳤다.

"따라와!"

둘은 가짜 거북이가 노래를 마치기도 전에 마구 내달리기 시작했다.

"무슨 재판인데요?"

앨리스가 숨을 헐떡이며 물었지만, 그리핀은 따라오라는 말만 하고 더 빨리 달렸다. 그들 뒤로 바람결에 실려 오는 구슬픈 노랫소리가 점점 희미해졌다.

저어어녁 수우으프,
맛있고, 맛있는 수프!

제11장

타르트를 훔친 자 누구인가?

앨리스와 그리핀이 도착했을 땐 하트 왕과 여왕이 왕좌에 앉아 있었고, 그 주변으로 카드 병사들을 비롯해 온갖 작은 새들과 동물들이 떼 지어 모여 있었다. 그들 앞에는 하트 잭이 사슬에 묶인 채 서 있고 양옆으로 두 명의 병사가 잭을 지키고 있었다. 왕 옆엔 토끼가 서 있었는데 한 손에는 나팔을, 다른 한 손에는 두루마리 문서를 쥐고 있었다. 법정 한가운데에는 탁자가 있고, 그 위에는 타르트가 담긴 큼지막한 접시가 하나 놓여 있었다. 타르트가 어찌나 먹음직스럽게 보이던지 보는 것만으로도 앨리스는 무척이나 배가 고팠다. '재판이 끝나고 먹으라고 나눠주면 좋겠다!' 하지만 그럴 기미는 전혀 보이지 않았다. 결국 앨리스는 시간이나 때울 겸 주위를 둘러보기 시작했다.

법정에 가본 적은 없지만, 책에서 법정에 관해 읽은 적은 있었다. 그 덕에 법정에서 쓰이는 말을 거의 다 알고 있어서 앨리스는 기분이 매우 좋았다.

"저 사람이 판사야. 큰 가발을 쓰고 있잖아."

앨리스는 혼잣말로 중얼거렸다. 사실 그 판사는 왕이었다. 왕은 가발 위에 왕관을 쓰고 있어서 몹시 불편해 보였다. 무엇보다 가발과 왕관은 잘 어울리지도 않았다.

'저기가 배심원석인가 보네. 열두 마리의 생명체는 (그들 중 몇몇은 네발 달린 짐승이고 몇몇은 새들이라서 '생명체'라고 표현할 수밖에 없었다.) 배심원인 모양이지.' 앨리스는 생각했다. 그러곤 '배심원'이라는 단어를 두세 번 중얼거리고는 혼자 뿌듯해했다. 그도 그럴 것이 또래 여자아이들 가운데 그 말의 의미를 아는 아이는 거의 없을 것 같기 때문이었다. '배심원' 말고 '배심관'이라고 해도 괜찮을 것이다.

열두 배심원들은 모두 석판 위에 무언가를 아주 열심히 쓰고 있었다.

"뭐 하는 거예요? 아직 재판이 시작되기 전이라서 적을 게 없을 텐데요."

앨리스가 그리핀에게 속삭이며 물었다.

"자기 이름을 적는 거야. 재판이 끝나기 전에 자기 이름을 잊어버릴까 봐 걱정돼서 그러는 거지."

그리핀도 목소리를 낮춰 대답했다.

"어쩜 저리 바보 같을 수가!"

앨리스가 발끈해서 큰 소리로 외쳤다가 얼른 입을 다물었다. 토끼가 "법정에서 정숙하세요!"라고 소리쳤고, 왕은 떠드는 사람을 잡아내려는 듯 안경을 쓰고 주위를 미친 듯이 두리번거렸기 때문이었다.

앨리스는 배심원들이 하나같이 석판에 '어쩜 저리 바보 같을 수가!'라고 적는 걸 보았다. 그들 중 하나는 '바보'라는 단어를 쓸 줄 모르는지 옆자리에 앉은 배심원에게 물어보기도 했다. '저러다간 재판이 끝나기도 전에 석판이 아주 난리가 나겠군!'

한 배심원은 석판에 분필로 무언가를 쓸 때마다 '끽끽' 긁는 소리를 냈다. 앨리스는 그 소리가 귀에 거슬렸다. 그래서 법정을 빙 돌아 그 배심원 뒤로 가서는 기회를 노리다가 재빨리 분필을 빼앗아버렸다. 순식간에 일어난 일이라 작고 불쌍한 배심원(도마뱀 빌이었다.)은 분필을 빼앗기고도 무슨 일이 일어났는지 전혀 눈치채지 못했다. 배심원은 주위를 두리번거리며 분필을 찾다가 결국 재판 내내 검지로 글씨를 써야 했다. 하지만 손가락으로 쓴 글씨는 칠판에 흔적조차 남지 않았다. 하등 쓸데없는 짓이었다.

"전령관은 고소장을 읽어라!"

왕이 명령했다. 명령이 떨어지자 토끼가 나팔을 세 번 힘껏 불고는 두루마리 문서를 펼쳐 그 안에 적힌 내용을 읽어 내려갔다.

어느 여름날,
하트 여왕님이 타르트를 만드셨네.
하트 잭이 그 타르트를 훔쳐
멀리 달아났네.[45]

"배심원단은 평결을 내려라."
왕이 배심원들에게 말했다.
"아직 안 됩니다. 아직 안 돼요! 그 전에 할 일이 많습니다!"
토끼가 황급히 막아섰다.
"그럼, 첫 번째 증인을 불러라!"
왕의 명령이 떨어지자 토끼가 나팔을 세 번 불고 나서 소리쳤다.
"첫 번째 증인 나오시오!"

---

[45] 영국 아이들에게 잘 알려진 동요 〈하트 여왕The Queen of Hearts〉의 일부이다.

첫 번째 증인은 모자 장수였다. 그는 한 손에는 찻잔을, 다른 손에는 버터 바른 빵을 들고 재판장에 들어왔다.

"이런 것들을 들고 와서 송구합니다, 폐하. 제가 차를 마시던 중에 부름을 받다 보니 이렇게 되었습니다."

"다 마시고 왔어야지. 언제부터 마시기 시작했느냐?"

그러자 모자 장수는 법정까지 따라와서 팔짱을 끼고 있는 3월 토끼와 겨울잠쥐를 쳐다보며 말했다.

"3월 14일이었던 것 같습니다."

"15일이야."

"16일인데."

3월 토끼가 끼어들자 겨울잠쥐도 한마디 거들었다.

"적어라."

왕이 배심원들에게 명령하자 배심원들은 세 날짜를 석판에 열심히 적은 뒤 그 숫자를 모두 더해 몇 실링 몇 페니인지 돈으로 바꿔 적었다.

"모자를 벗어라."

왕이 모자 장수에게 명령했다.

"이 모자는 제 것이 아닙니다."

모자 장수가 말했다.

"훔친 게로군!"

왕이 소리치며 배심원들을 쳐다보자 배심원들은 왕이 한 말을 곧바로 석판에 적었다.

"팔려고 가지고 있는 것입니다. 저는 모자 장수입니다. 그래서 제 모자는 하나도 없습니다."

모자 장수가 설명을 덧붙였다. 그 말을 듣고 있던 여왕이 안경을 쓰고 모자 장수를 노려보았다. 그러자 모자 장수는 얼굴이 새하얗게 질리더니 안절부절 못했다.

"증언하라."

왕이 말했다.

"긴장하지 말고. 아니면 당장 목을 베어버리겠다."

그 말은 증인에게 조금도 힘이 되지 않는 듯했다. 모자 장수는 불안한 듯 여왕의 눈치를 살피며 발을 꼼지락거렸다. 그러곤 당황한 나머지 급기야 버터 바른 빵 대신 찻잔을 크게 한 입 베어 물었다. 바로 그때 앨리스는 왠지 모를 이상한 기분이 들었는데 이내 그 이유를 알곤 몹시 당황했다. 앨리스의 몸이 다시 커지기 시작한 것이다. 처음에는 일어나 법정을 나가야겠다고 생각했지만 생각을 바꿔 몸이 다 커질때까지 그 자리에 남아 있기로 마음먹었다.

"얘, 내 몸 좀 그만 눌렀으면 좋겠어. 숨을 쉴 수가 없단 말이야."

앨리스 옆에 앉아 있던 겨울잠쥐가 말했다.

"나도 어쩔 수가 없어. 몸이 계속 커지고 있단 말이야."

앨리스가 아주 부드럽게 말했다.

"넌 자라면 안 돼. 그럴 권리가 없어."

겨울잠쥐가 말했다.

"말도 안 되는 소리 하지 마. 너도 자라는 건 마찬가지잖아."

앨리스는 지지 않고 또박또박 맞받아쳤다.

"그래, 하지만 난 적당한 속도로 자란다고. 너처럼 그렇게 말도 안 되게 막 커지진 않아."

겨울잠쥐는 앨리스에게 차갑게 쏘아붙이고는 부루퉁해져선 자리에서 일어나 법정 반대편으로 가버렸다. 그 사이 여왕은 한 시도 눈을 떼지 않고 모자 장수를 노려보았다. 그러더니 겨울잠쥐가 법정을 가로지르는 순간 한 법정 관리에게 지난번 음악회에서 노래를 부른 가수들의 명단을 가져오라고 명령했다. 그 말을 들은 모자 장수는 벌벌 떨기 시작했다. 어찌나 벌벌 떠는지 신발이 다 벗겨져 나갈 지경이었다.

"증언하라. 그렇지 않으면 네가 그렇게 벌벌 떨든 말든 네 목을 베어버리겠다."

왕이 화를 내며 다시 한번 명령했다.

"저는 불쌍한 놈입니다, 폐하."

모자 장수가 떨리는 목소리로 말을 시작했다.

"차를 마시기 시작한 지…… 일주일도 채 안 됐습죠……. 그리고 이유 없이 버터 바른 빵은 점점 얇아지고…… 차는 찬란하게 빛나고……."

"뭐가 찬란하게 빛난다고?"

제11장

왕이 물었다.

"'ㅊ'으로 시작하는 것입니다."

"'찬란하게 빛난다'가 'ㅊ'으로 시작하는 건 당연한 거 아니냐! 날 바보로 아느냐? 계속하거라!"

왕이 쏘아붙였다.

"저는 불쌍한 놈입니다. 그러더니 대부분이 찬란하게 빛났습니다…… 3월 토끼가 말하기를……."

모자 장수가 말을 이어갔다.

"난 말 안 했어!"

3월 토끼가 후다닥 끼어들었다.

"말했어!"

"저는 말하지 않았습니다!"

모자 장수가 다시 항변하자 3월 토끼가 왕에게 말했다.

"그가 아니라고 하니 그 부분은 빼도록 해라!"

왕이 말했다.

"음, 어쨌든 겨울잠쥐가 말하기를……."

모자 장수는 겨울잠쥐도 아니라고 할까 봐 불안해하며 겨울잠쥐의 눈치를 살폈다. 하지만 겨울잠쥐는 깊은 잠에 빠져 아무 말도 하지 않았다.

"그 뒤로. 저는 버터 바른 빵을 조금 더 잘랐고……."

모자 장수가 말을 이어갔다.

"아니, 겨울잠쥐가 뭐라고 말했죠?"

배심원 가운데 하나가 물었다.

"기억이 나질 않습니다."

"기억해내지 않으면 너를 사형에 처할 것이다."

왕이 말했다. 불쌍한 모자 장수는 찻잔과 버터 바른 빵을 바닥에 떨어뜨리고 한쪽 무릎을 꿇고 애원했다.

"저는 불쌍한 놈입니다, 폐하."

모자 장수가 애원하기 시작했다.

"넌 말재주가 아주 형편없구나."

왕이 말했다. 그때 기니피그 두 마리 중 하나가 환호성을 지르자 곧바로 법정 관리들이 기니피그를 진압했다. (진압이라고 하니 뭔가 대단한 것처럼 들리겠지만, 쉽게 말해 관리들이 입구를 끈으로 묶는 큼지막한 포댓자루를 가져와 기니피그를 머리부터 뒤집어씌워 집어넣은 다음 기니피그를 깔고 앉았다.) '이런 광경을 직접 보다니 정말 재미있는걸. 신문에서 '재판 끝에 박수를 치려는 몇몇 시도가 있었으나 경관들에 의해 그 즉시 진압되었다'라는 기사를 종종 보곤 했는데 이제야 그게 무슨 말인지 알겠네.' 앨리스가 속으로 생각했다.

"네가 아는 게 그게 전부라면 그만 내려가도 좋다."

왕이 말했다.

"내려갈 곳이 없습니다. 보시다시피 전 바닥에 서 있어서요."

모자 장수가 말했다.

"그럼 앉아라."

왕이 말했다. 그때 나머지 기니피그가 환호성을 질렀고 곧바로 경관에 의해 진압당했다.

'흠, 기니피그는 죄다 끌려 나갔군. 이제야 재판이 순조롭게 진행되겠는 걸.' 앨리스가 생각했다.

"차를 마저 마시러 가도 될까요?"

모자 장수가 가수 명단을 훑고 있는 여왕을 불안한 듯 쳐다보며 물었다.

"가도 좋다."

왕의 말이 끝나기가 무섭게 모자 장수는 벗겨진 신발도 내버려둔 채 후다닥 법정을 빠져나갔다.

"저놈을 뒤쫓아가 목을 쳐라."

여왕이 병사들에게 말했다. 하지만 병사들이 미처 문을 나서기도 전에 모자 장수는 온데간데없이 사라져버렸다.

"다음 증인을 들라 해라!"

왕이 말했다. 다음 증인은 공작부인의 요리사였다. 앨리스는 다음 증인이 누군지 몰랐다. 하지만 법정 근처에 오자 누군지 알아챘다. 법정에 들어선 요리사가 손에 후추통을 들고 있기도 했지만, 법정 문가에 앉아 있던 사람들이 동시에 재채기를 했기 때문이었다.

"증언하라!"

왕이 명령했다.

"못 합니다."

요리사가 대답했다. 왕이 초조한 눈빛으로 토끼를 쳐다보자 토끼가 목소리를 낮춰 말했다.

"폐하, 이 자에게는 반대신문을 하셔야 합니다."

"흠, 그래야 한다면 그래야지."

왕이 풀이 죽은 듯 대답했다. 그러곤 팔짱을 끼고 눈이 거의 보이지 않을 정도로 인상을 찡그린 채 요리사를 노려보다가 목소리를 깔며 물었다.

"타르트는 무엇으로 만드느냐?"

"후추가 주재료입니다."

요리사가 대답했다.

"당밀이지."

요리사 뒤에 있던 누군가가 졸린 목소리로 말했다.

"저 겨울잠쥐를 체포하라. 저 겨울잠쥐의 목을 쳐라! 저 겨울잠쥐를 법정에서 끌어내라! 저놈을 진압하라! 저놈의 수염을 뽑아라!"

왕비가 빽하고 소리를 질렀다. 겨울잠쥐를 끌어내느라 법정은 한동안 아수라장이 되었다. 그런데 상황이 정리되고 나서 보니 요리사는 흔적도 없이 사라지고 없었다.

"상관없다."

왕이 무척 안도하며 말했다. 그러곤 여왕에게 나지막이 속삭였다.

"여보, 다음 증인은 당신이 반대심문을 해야겠소. 내가 머리가 지끈거려서 말이지!"

앨리스는 다음 증인이 누구일지 몹시 궁금해하며 명단을 뒤적이는 토끼를 쳐다보았다.

"아직 이렇다 할 증거가 나오지 않았어."

앨리스가 혼잣말로 중얼거렸다. 그 순간 토끼가 작고 날카로운 목소리로 "앨리스!"라고 목청껏 소리치는 바람에 앨리스는 소스라치게 놀랐다.

제12장

앨리스의 증언

"네!" 앨리스가 외쳤다. 앨리스는 너무도 당황한 나머지 그사이 자신의 몸집이 커졌다는 사실도 까맣게 잊은 채 서둘러 자리에서 벌떡 일어났다. 그 바람에 치맛자락이 배심원석에 걸려 배심원석이 뒤집혔고, 배심원들은 아래쪽에 있던 청중들 위로 굴러떨어지거나 바닥으로 내동댕이쳐졌다. 그 모습을 보자 앨리스는 지난주에 엎지른 어항 속 금붕어가 떠올랐다.

"이런, 죄송해요!"

앨리스는 쩔쩔매며 재빨리 배심원들을 일으켜 세웠다. 배심원들을 얼른 일으켜서 배심원석에 앉히지 않으면 깨진 어항 속 금붕어들처럼 죽어버릴 것만 같았다.

"배심원단 전원이 모두 자리에 앉을 때까지 재판을 진행할 수 없다."

왕이 아주 근엄한 목소리로 말했다.

"하나도 빠짐없이 전부 다!"

그러곤 앨리스를 노려보며 다시 한 번 힘주어 말했다. 앨리스가 배심원석을 바라보니 도마뱀이 머리를 처박고 있는 게 눈에 띄었다. 급하게 배심원석에 올려놓다보니 거꾸로 놓은 모양이었다. 가엾기 짝이 없는 작은 도마뱀은 옴짝달싹하지 못한 채 꼬리만 애처롭게 흔들고 있었다. 앨리스는 재빨리 도마뱀을 꺼내 똑바로 앉혀주었다. 앨리스가 중얼거렸다.

"크게 달라질 건 없어. 거꾸로 있으나 똑바로 있으나 재판에 별 도움은 안 될 게 뻔해."

배심원석이 뒤집혔던 충격에서 어느 정도 벗어난 배심원들은 석판과 분필을 찾아 들고는 조금 전 발생한 사고에 대해 부지런히 써 내려갔다. 하지만 도마뱀은 충격이 너무 컸던 탓인지 입을 헤 벌리고 앉아 멍하니 법정 천정만 쳐다보았다.

"이 사건에 대해 무엇을 알고 있느냐?"

왕이 앨리스에게 물었다.

"아무것도 모릅니다."

앨리스가 대답했다.

"정말 아무것도 모르느냐?"

"정말 아무것도 모릅니다."

"아주 중요한 증언이다."

왕이 배심원들을 쳐다보며 말했다. 배심원들이 그 말을 석판에 막 받아적으려는 순간 토끼가 끼어들었다.

"폐하, 그 말씀은…… 다시 말해 안 중요하다는 말씀이지요?"

말투는 아주 정중했지만 토끼는 왕을 향해 인상을 찌푸렸다.

"물론 안 중요하다는 뜻이다."

왕이 황급히 대답하고는 어떤 단어가 더 그럴싸하게 들리는지 알아보려는 듯 작은 목소리로 중얼거렸다.

"중요하다…… 안 중요하다…… 안 중요하다…… 중요하다."

그러자 몇몇 배심원은 '중요하다'라고 적고, 또 몇몇 배심원은 '안 중요하다'라고 적었다. 앨리스는 석판이 훤히 내다보일 만큼 그들 가까이 있었다. '뭐라고 적든 아무 상관없잖아.' 앨리스가 생각했다. 그때 한동안 자신의 수첩에 뭔가를 부지런히 적고 있던 왕이 소리쳤다.

"다들 조용히 하라!"

그러곤 수첩에 적은 내용을 읽어 내려갔다.

"규칙 제42조. 키가 1,600미터가 넘는 자는 법정을 나가야 한다."

　모두가 일제히 앨리스를 쳐다보았다.

　"제 키는 1,600미터가 아니에요."

　"아니, 맞아."

　왕이 말했다.

　"거의 3,200미터쯤 되겠는 걸."

　여왕이 한마디 거들었다.

　"어쨌든 전 나가지 않을 거예요. 더군다나 그건 원래 있던 규칙도 아니고 방금 지어낸 거잖아요."

　"이 규칙은 이 수첩에 있던 것 중 가장 오래된 규칙이야."

　왕이 말했다.

　"그 말이 맞는다면 규칙 제1조가 되었어야죠."

　앨리스가 따지고 들었다. 그러자 왕의 얼굴이 창백해지더니 서둘러 수첩을 덮으며 떨리는 목소리로 배심원들을 향해 낮게 소리쳤다.

　"평결을 내려라."

　"증거가 더 있습니다, 폐하. 방금 이 종이를 주웠습니다."

　흰 토끼가 벌떡 일어서며 말했다.

　"뭐라고 적혀 있느냐?"

　왕비가 물었다.

　"아직 펼쳐보지 않았습니다만, 범인이 누군가에게 쓴 편지 같습니다."

"당연히 그랬겠지. 누군가에게 쓴 게 아니면 그게 더 이상하지."

왕이 말했다.

"받는 사람이 누구입니까?"

배심원 하나가 물었다.

"받는 사람이 없습니다. 사실, 봉투 겉면에 아무것도 적혀 있지 않습니다. 아! 편지가 아니네요. 시가 한 편 적혀 있습니다."

토끼가 종이를 펼치며 덧붙여 말했다.

"범인의 글씨체입니까?"

다른 배심원이 물었다.

"아니요, 아닙니다. 그 점이 가장 이상합니다." (배심원들은 하나같이 어리둥절한 표정을 지었다.)

"다른 사람의 글씨를 흉내 낸 게 틀림없어."

왕이 말했다. (배심원들은 다시 환한 표정을 지었다.)

"폐하, 제가 쓴 것이 아닙니다. 제가 썼다는 증거도 없습니다. 게다가 끝에 서명도 없지 않습니까?"

하트 잭이 말했다.

"네가 서명을 하지 않았다면 그게 더 큰 잘못이다. 뭔가 나쁜 의도가 있었던 게 틀림없어. 그렇지 않고서야 다른 정직한 사람들처럼 서명을 했을 것 아닌가!"

왕의 말에 박수가 터져 나왔다. 왕이 처음으로 맞는 말을 했기 때문이다.

"이로써 죄가 증명되었구나."

왕비가 말했다.

"이제 저놈의……."

"그걸로는 증거가 될 수 없어요! 시가 무슨 내용인지도 모르잖아요!"

앨리스가 소리쳤다.

"시를 읽어보아라."

왕의 명령에 토끼가 안경을 쓰며 물었다.

"폐하, 어디서부터 읽을까요?"

"처음부터 읽어라. 끝까지 멈추지 말고 읽어라."

왕이 근엄하게 말했다. 토끼가 시를 읽어 내려가는 동안 법정은 쥐 죽은 듯 조용했다.

그들이 내게 말했어요.
당신이 그녀에게 갔다고,
그리고 그에게 나에 대해 말했다더군요.
그녀는 날 칭찬했지만,
수영은 못 한다고 말했다지요.

그가 그들에게 말했어요.
내가 가지 않았다고.

(우린 그 말이 사실이란 걸 알아요.)

그녀가 이 문제를 계속 밀어붙이면

당신은 어떻게 될까요?

나는 그녀에게 하나를 주었고,

그들은 그에게 둘을 주었지요.

당신은 우리에게 셋 혹은 그 이상을 주었고요.

그에게 갔던 것이 모두 당신에게 돌아갔어요.

예전엔 내 것이었는데 말이에요.

혹시 나나 그녀가 이 일에 휘말리게 된다면

그는 당신이 그들을 풀어줄 거라고 믿어요.

바로 우리가 그랬던 것처럼요.

내 생각에 당신은

(그녀가 이렇게 화를 내기 전에 말이에요.)

그와 우리, 그리고 그것 사이에 끼어든

장애물이었어요.

그녀가 그들을 가장 좋아했다는 걸 그에게 알리지 말아주세요.

왜냐하면 이 일은 당신과 나만 아는,

아무도 모르는 비밀이어야 하니까요.

"지금까지 들은 증거 중에 제일 중요한 증거구나. 그러니 이제 배심원들은······."

왕이 두 손을 비비며 말했다.

"여러분 중에 누구라도 이 시를 설명해준다면 그분께 6페니를 드릴게요. 저는 이 시에 의미라곤 손톱만큼도 없다고 생각해요."

앨리스가 말했다. (지난 몇 분 사이 몸이 지나치게 커진 탓에 앨리스는 왕의 말을 가로막는 것이 조금도 두렵지 않았다.) 배심원들은 모두 석판에 '여자아이는 이 시에 의미라곤 손톱만큼도 없다고 생각한다'라고 적었다. 하지만 어느 하나 종이에 적힌 내용을 설명해주려 하지 않았다.

"시에 의미가 없다면 의미를 찾으려고 애쓰지 않아도 되니 엄청난 수고를 덜겠군. 하지만 잘 모르겠단 말이지."

왕이 무릎 위에 시를 펼쳐 놓고는 한쪽 눈으로 유심히 살피며 말했다.

"내가 보기엔 이 시에 의미가 있을 것 같단 말이야. '수영은 못 한다고 말했다지요' 이 부분 말인데······ 하트 잭, 넌 수영을 못하는 걸로 아는데."

왕이 하트 잭을 쳐다보며 묻자 하트 잭이 침울하게 고개를 끄덕였다.

"보셔서 아시지 않습니까?" (딱 봐도 온몸이 종이로 되어 있으니 못 하는 게 당연했다.)

"지금까진 문제될 게 없군."

왕이 계속해서 혼잣말로 시를 중얼거렸다.

"'우린 그 말이 사실이란 걸 알아요' 이건 당연히 배심원들이 말하는 것일 테고, '그녀가 이 문제를 계속 밀어붙이면', 이 대목은 여왕을 이야기하는 게 틀림없고, '당신은 어떻게 될까요?' 정말 어떻게 되려나? '나는 그녀에게 하나를 주었고, 그들은 그에게 둘을 주었고', 이 대목을 보면 저놈이 타르트를 어떻게 한 게 틀림없는데 말이지……."

"그런데 그다음에 '그에게 갔던 것이 모두 당신에게 돌아갔어요'라고 했잖아요."

앨리스가 말했다.

"봐, 저기 있네!"

왕이 테이블 위에 놓인 타르트를 가리키며 우쭐해서 말했다.

"저것보다 더 분명한 증거는 없지. 그리고 또 보자. '그녀가 이렇게 화를 내기 전'이라, 여보, 당신은 화를 낸 적이 없지 않소?"

왕이 여왕에게 물었다.

"당연하지!"

여왕이 격분하며 도마뱀을 향해 잉크 스탠드를 던졌다.

(운도 지지리 없는 작은 도마뱀 빌은 그동안 손가락을 분필 삼아 석판에 글씨를 써 내려갔지만, 석판엔 아무런 흔적조차 남지 않았다. 빌은 이제 얼굴에 흘러내리는 잉크가 마를세라 잉크를 찍어 서둘러 적기 시작했다.)

"그렇다면 '화를 냈다'라는 이 대목은 당신에게 맞지[46] 않구려."

왕이 법정을 둘러보며 빙그레 웃었다. 일순간 법정은 찬물을 끼얹은 듯 조용해졌다.

"난 지금 농담을 한 거라고!"

왕이 화를 내며 설명하자 그제야 모두 웃음을 터트렸다.

"배심원들을 평결을 내리도록 하라."

왕이 명령했다. 이 말을 스무 번쯤 한 것 같았다.

"안 돼, 그건 아니지! 선고를 먼저 내리고 평결은 나중에 해야지."

여왕이 소리쳤다.

"말도 안 돼요! 선고를 먼저 내리는 게 어디 있어요?"

앨리스가 큰소리로 외쳤다.

"입 다물지 못해!"

여왕이 얼굴이 시뻘게져 소리쳤다.

"싫어요!"

---

[46] 'Fit'는 '흥분, 발작'과 '적합하다, 맞다'의 두 가지 뜻을 모두 가지고 있다.

앨리스가 말했다.

"저 아이의 목을 쳐라!"

왕비가 버럭 소리를 질렀지만 아무도 움직이지 않았다.

"내가 무서워할 줄 알아요? 당신들은 그저 카드 뭉치일 뿐이라고요!"

앨리스가 소리쳤다. (불행하게도 이때 앨리스는 원래 크기로 돌아가 있었다.) 그러자 카드 뭉치 전체가 벌떡 일어나 공중으로 날아오르더니 앨리스를 향해 달려들기 시작했다. 앨리스는 무섭기도 하고 화가 나기도 해서 비명을 작게 내지르곤 그것들을 쫓아내려고 버둥거렸다. 그 순간 정신을 차리자 앨리스는 언니의 무릎을 벤 채 강둑에 누워 있었다. 언니는 앨리스의 얼굴에 떨어진 마른 나뭇잎을 살살 털어내주었다.

"일어나, 앨리스! 세상에, 무슨 잠을 그렇게 오래 자니?"

언니가 말했다.

"언니, 정말 정말 이상한 꿈을 꿨어!"

앨리스는 언니에게 방금 여러분이 읽은 앨리스의 이상하고 신기한 모험 이야기를 기억나는 대로 들려주었다. 이야기가 끝나자 언니는 앨리스에게 입을 맞추며 말했다.

"정말 이상한 꿈을 꾸었구나, 앨리스. 그럼 이제 얼른 차 마시러 들어갈까? 이러다 늦겠어."

앨리스는 자리에서 일어나 뛰기 시작했다. 뛰면서도 정말 멋진 꿈이었다고 생각했다.

하지만 언니는 앨리스가 떠난 뒤에도 그 자리에 가만히 턱을 괴고 앉아 저무는 해를 바라보며 동생 앨리스와 앨리스가 들려준 멋진 모험담을 생각했다. 어느새 언니도 꿈을 꾸기 시작했다. 다음은 언니가 꾼 꿈이다.

가장 먼저 앨리스가 꿈에 나타났다. 이번에도 앨리스는 조그마한 손으로 언니의 무릎을 꼭 잡고는 호기심 가득한 반짝이는 눈망울로 언니를 올려다보았다. 앨리스의 목소리가 생생하게 들렸고, 헝클어진 머리카락이 눈을 찌를 때마다 늘 하는 특유의 작은 고갯짓도 보였다. 그 순간 주변이 온통 어린 동생이 꿈에서 봤다던 이상한 생명체들로 가득 차 살아 움직이는 소리가 들렸다. 아니 들리는 것 같았다.

토끼가 허둥지둥 지나가자 길게 자란 풀이 그녀의 발치에서 바스락 소리를 냈다. 겁에 질린 생쥐는 근처 웅덩이에서 첨벙첨벙 물을 튀기며 헤엄을 쳤다. 3월 토끼와 그의 친구들이 절대 끝나지 않을 티 파티를 하느라 찻잔을 달그락거리는 소리도 들렸고, 하트 여왕이 운이 나쁜 손님들을 사형에 처하라고 빽빽거리며 외쳐대는 소리도 들렸다. 접시와 그릇이 날아가 와장창 깨지는 중에도 돼지를 닮은 아기는 공작부인의 무릎 위에서 재채기를 해대고 있었다. 게다가 그리핀이 울부짖는 소리, 도마뱀이 석판에 글씨를 쓰자 분필에서 나는 끼익 소리, 진압당한 기니피그가 숨이 막혀 캑캑대는 소리가 허공을 가득 채웠고, 그 소리에 섞인 가짜 거북이의 흐느끼는 소리도 들렸다.

그녀는 눈을 감고 앉아 자신이 이상한 나라에 와 있다고 반쯤 믿었다. 눈을 뜨면 지루한 일상으로 돌아갈 거라는 것도 알고 있었다. 풀이 바스락 소리를 내는 건 바람 때문일 테고, 웅덩이에 잔물결이 이는 건 흔들리는 갈대 때문일 것이다. 달그락 찻잔 소리는 딸랑딸랑 양들의 방울 소리일 테고, 여왕의 고함소리는 목동의 외침일 테고, 아기의 재채기며 그리핀의 날카로운 울부짖음, 다른 모든 기이한 소리들은 분주한 농장에서 들리는 시끌벅적한 소리일 것이다. 또한 가짜 거북이의 깊은 흐느낌은 저 멀리 들려오는 소들의 울음소리일 것이다. (앨리스의 언니는 알고 있었다.)

마지막으로 그녀는 먼 훗날 어린 동생 앨리스가 어떤 모습일지 상상해보았다. 성숙한 여인이 되어서도 어린 시절의 순수하고 사랑스러운 마음을 간직하고 있을 앨리스, 자신의 아이들을 불러 모아 놓고 온갖 신기한 이야기들, 어쩌면 오래전 꿈속에서 본 이상한 나라에 관한 이야기들을 들려주며 아이들의 눈망울을 호기심으로 반짝이게 할 앨리스, 자신의 어린 시절과 행복했던 여름날을 떠올리며 아이들의 꾸밈없는 슬픔에 함께 슬퍼하고, 아이들의 천진난만한 기쁨에 함께 기뻐할 앨리스의 모습을 그려보았다.

이상한 나라의 앨리스

초판 1쇄 인쇄 2025년 6월 3일
초판 1쇄 발행 2025년 6월 10일

지은이 루이스 캐롤
옮긴이 김은영

대표 장선희 **총괄** 이영철
책임편집 정시아 **기획편집** 현미나, 안미성, 오향림
책임 디자인 양혜민 **조판** 프롬디자인 **디자인** 이승은
마케팅 김성현, 유효주, 이은진, 박예은
경영관리 전선애

펴낸곳 서사원 **출판등록** 제2023-000199호
주소 서울시 마포구 성암로 330 DMC첨단산업센터 713호
전화 02-898-8778 **팩스** 02-6008-1673 **이메일** cr@seosawon.com

홈페이지   **인스타그램**

ⓒ 서사원(주), 2025

ISBN 979-11-6822-430-8 03840

- 이 책은 저작권법에 따라 보호를 받는 저작물이므로 무단 전재와 무단 복제를 금지합니다.
- 이 책 내용의 전부 또는 일부를 이용하려면 반드시 저작권자와 서사원 주식회사의 서면 동의를 받아야 합니다.
- 잘못된 책은 구입하신 서점에서 바꿔 드립니다.   • 책값은 뒤표지에 있습니다.

서사원은 독자 여러분의 책에 관한 아이디어와 원고 투고를 설레는 마음으로 기다리고 있습니다.
책으로 엮기를 원하는 아이디어가 있는 분은 서사원 홈페이지의 '출간 문의'로
원고와 출간 기획서를 보내주세요. 고민을 멈추고 실행해보세요. 꿈이 이루어집니다.